dtv
premium

Renate Welsh

Großmutters Schuhe

Roman

Deutscher Taschenbuch Verlag

FSC
Mix
Produktgruppe aus vorbildlich bewirtschafteten Wäldern und anderen kontrollierten Herkünften
Zert.-Nr. GFA-COC-001298
www.fsc.org

Der Inhalt dieses Buches wurde auf einem nach den Richtlinien des Forest Stewardship Council zertifizierten Papier der Papierfabrik Munkedal gedruckt.

Originalausgabe
November 2008
2. Auflage Februar 2009

www.dtv.de
Umschlagkonzept: Balk & Brumshagen
Umschlagbild: ›Abendgesellschaft‹ (2004) von Henning v. Gierke (Mittelteil des Triptychons, WV 1166, 240 x 120 cm, Öl auf Leinwand)/ VG Bild-Kunst, Bonn 2009
Satz: Greiner & Reichel, Köln
Gesetzt aus der Sabon 10,5/13,5·
Druck und Bindung: Kösel, Krugzell
Gedruckt auf säurefreiem, chlorfrei gebleichtem Papier
Printed in Germany · ISBN 978-3-423-24695-8

Also ich finde, zu einem anständigen Leichenschmaus gehört ein Menü und nicht diese À-la-carte-Esserei. Bei uns daheim war es immer eine gute Rindssuppe mit Frittaten und kleinen Leberknöderln und eine Semmel dazu, die der Bäcker nur für die Begräbnisse gebacken hat, dreimal so groß wie eine normale. Zu Hochzeiten gab es Schweinsbraten mit Kraut und Knödeln oder Schnitzel mit Erdäpfel- und Gurkensalat. Krapfen gab's im Fasching und zum Kirtag, aber die Kirtagskrapfen waren anders als die Faschingskrapfen.« Die Köchin wischte sich den Schweiß von der Stirn. »Aber heute, das totale Durcheinander, und wie soll man bitte schön zehn und mehr verschiedene Gerichte gleichzeitig fertig haben? Da warten die einen noch auf die Suppe und die anderen schreien schon nach dem Kaffee. Kein Wunder, wenn die Ehen nicht halten, wo doch schon bei der Hochzeit jeder tut, was ihm gerade einfällt und worauf er Lust hat. Wie soll es da eine Treue geben. Und beim Leichenschmaus ist die Ordnung genauso wichtig, ich meine, das soll doch mit Anstand und Würde über die Bühne gehen, ist schließlich oft das letzte Mal, wo die Familie vollzählig beisammen ist, nach der Testamentseröffnung sind meistens sowieso alle bös.«

Der Kellner nickte, er nickte grundsätzlich zu allem, was die Köchin sagte, erstens weil er keineswegs alles verstand, wenn sie in Fahrt kam, zweitens weil er mit dem, was er sich aus ihren oft langen und verschlungenen Sätzen zusammen-

reimte, ohnehin einverstanden war, und drittens weil er sie liebte. Es gab noch ein viertens, das ihm aber nicht bewusst war: Die Köchin erinnerte ihn an seine Lieblingstante, sie machte das Fremdsein in Wien erträglicher. Ein Saal voll lästiger, anspruchsvoller, ungeduldiger Gäste, von denen man schon beim Hereinkommen genau wusste, wie knickrig ihr Trinkgeld ausfallen würde, konnte Alban nicht aus der Ruhe bringen, je mehr sie schimpften, umso bedächtiger wurden seine Bewegungen, umso sanfter sein Lächeln. Er redete wenig, was er sagte, war oft grammatikalisch so originell, dass man lange nachdenken musste, um den Sinn zu verstehen, aber das Nachdenken lohnte sich. Die Köchin liebte ihn, er war der Einzige, der das nicht merkte, und er umwarb sie weiter mit einer hoffnungslosen Ritterlichkeit, die Lisa rührte. Lisa, die Studentin, die geholt wurde, wenn eine Trauergesellschaft angesagt war, die ständige Aushilfe. Fest angestellt war nur die Köchin. Mehr trage der Laden nicht, behauptete der Wirt, und Lisa sei noch so jung, viel zu jung, um an die Rente zu denken, und außerdem wisse ja doch kein Mensch, ob es überhaupt noch eine Rente geben werde, wenn sie einmal alt genug wäre. Was Alban betreffe, so werde er doch gewiss wieder in sein Kaff auf dem Balkan zurückkehren, freiwillig oder unfreiwillig, also wozu dem Finanzminister unnötig Geld in den Rachen werfen? Ohne Arbeitsgenehmigung habe er Alban angestellt, aus reiner Nächstenliebe, und Lisa müsse gar nicht so blöd grinsen. Lisa hatte versucht, dem Kellner klarzumachen, dass eine Arbeitsgenehmigung im Gastgewerbe leicht zu bekommen wäre, zumindest auf Zeit, aber Alban reagierte ungewohnt heftig. Lieber Zahnziehen ohne Spritze als Amt, erklärte er, tut weniger weh, und nein, er wolle ganz sicher nicht darüber reden. Lisa war erschrocken, als sie sah, wie ver-

zweifelt er das Zittern zu unterdrücken versuchte, das in den Beinen begann und nach oben wanderte, wie seine Kiefer mahlten, seine Lider flackerten. War er nicht viel zu jung, um die Schrecken erlebt zu haben, die seine Reaktion erklären würden? Sie gab es auf, das Thema anzusprechen, nicht aber, darüber nachzudenken. Am besten wäre es für ihn, gemeinsam mit der Köchin ein eigenes Gasthaus aufzumachen. Vielleicht sogar dieses zu übernehmen, wenn der Wirt endlich in Rente ging. Nicht, dass der auch nur einen Finger rührte, aber das Sagen hatte er noch immer, nur über seine Leiche würden sie irgendwelche Neuerungen einführen dürfen. Nein, es war entschieden besser, die beiden machten sich auf die Suche nach etwas anderem. Lisa war überzeugt, dass Bärbel und Alban ein ideales Paar abgaben. Immer wieder überlegte sie, ob sie der Köchin sagen sollte, sie müsse selbst die Initiative ergreifen. Bärbel aber schien allen Ernstes zu glauben, Alban sei verliebt in die blonde Hanka, an der alles kullerte, ihre Augen, ihr Lachen, ihre milchkaffeebraunen Brüste. Alban zog manchmal an ihrem dicken Zopf, aber es war mit Händen zu greifen, dass er in ihr eine kleine Schwester sah. Jeden Mann, der sie von der Arbeit abholte, unterzog er einer so gründlichen wie offensichtlichen Musterung, stand dabei plötzlich nicht schmalbrüstig, sondern mit breit nach hinten gezogenen Schultern, und Hanka hielt es nicht für nötig, den Irrtum aufzuklären, wenn eben noch überhebliche Knaben Alban beinahe kleinlaut versprachen, auf seine Schwester aufzupassen. Sie bestärkte die Kerle noch in ihrem Glauben, stellte sich neben Alban auf die Zehenspitzen und streifte seine linke Wange mit einem Hauch von einem Busserl. Eine Art Tanz war es, was die drei aufführten, kompliziert choreographierte Schritte, jede Rolle so besetzt, dass die Erwartungshaltun-

gen der Zuseher sie automatisch in die Irre führten. Wenn der Wirt ausnahmsweise nicht nur auftauchte und sich mit einem Stammgast in der Fensternische einrichtete, sondern sich in die Arbeit einmischen zu müssen glaubte, geriet alles durcheinander und es konnte sogar vorkommen, dass Alban einen Tisch mit einer Bewegung abwischte, als wollte er eine besonders lästige Fliege erschlagen. War der Wirt nicht da und auch sonst wenig Betrieb, dann konnte Lisa an dem kleinen Tisch in der Küche ihre Arbeiten korrigieren und Alban schaffte es immer, sie rechtzeitig zu warnen, bevor der Wirt bis zur Küche vordrang. Das Gasthaus, fand Lisa, war eine perfekte Ergänzung zu den Theorien in Seminaren und Vorlesungen. Heute bestand allerdings keine Chance für eine ungestörte Viertelstunde am Computer. Eben war die erste Trauergesellschaft gegangen. Drei Fiakergulasch, ein Herrengulasch, zwei Würstel mit Saft, eine serbische Bohnensuppe, zweimal saure Wurst, drei Blunzengröstl, fünf Apfelkuchen, dreimal mit, zweimal ohne Schlag, neun Krügel, fünf Seitel Bier, viermal Weiß gespritzt, sechs Kaffee Melange, fünf Obstler. »No jo«, sagte Alban, als er das Trinkgeld abzählte.

»Nach Mittag hat er Wetterbesserung versprochen«, erklärte die Köchin.

Er, der Meteorologe, oder vielleicht sogar er, der Radioapparat. In jedem Fall »er«, selbst dann, wenn eine Frau die Wettervorhersage lieferte.

Die Glocke an der Eingangstür bimmelte. Hanka ging hinaus, um den Gästen die Mäntel abzunehmen. »Alles Mantel superschick«, berichtete sie, als sie in die Küche zurückkam. »Erste Klasse.«

Bärbel lachte. »Das heißt noch lange nicht, dass auch die Trinkgelder erste Klasse sein werden.«

Alban goss Prosecco in die bereitgestellten Gläser, Lisa nahm einen Stapel Speisekarten unter den Arm. Bärbel grinste. Normalerweise wurde in diesem Beisel nicht Prosecco vor dem Essen serviert, aber so war es bestellt worden, so wurde es serviert, und so würde es bezahlt werden.

Die junge Frau in einer sonnengelben Seidenbluse wirkte wie eine Fremde unter all den schwarz Gekleideten. Trauergäste trugen Schwarz, das war normal, das Schwarz dieser Familie wirkte schwärzer, weil die gelbe Bluse so hervorleuchtete. Und der Nehru-Anzug des großen Braungelockten, hochgeknöpft bis zum Stehkragen, ließ an ein Fest denken, nicht an Trauer.

Die Leute standen verlegen herum, das war nicht nur die Beklommenheit, die jeden überfiel, der gerade sein Schäufelchen Erde auf einen Sarg geworfen und in die dunkle Grube seiner eigenen Zukunft geblickt hatte, es war die Verlegenheit von Menschen, die sonst damit rechnen durften zu wissen, was von ihnen erwartet wurde, die ihre Rolle so gut gelernt hatten, dass sie besser passte als die eigene Haut, die aber jetzt plötzlich ohne Skript und ohne Regisseur dastanden. Das Einzige, woran sie sich halten konnten, waren ihre Proseccogläser. Der große Dicke wird gleich den Stiel abbrechen, dachte Lisa, der ist offenbar gewöhnt, dass immer jemand neben ihm steht, oder besser gesagt einen halben Schritt hinter ihm, und ihm das Glas abnimmt, sobald er getrunken hat. Die Frau, die ihm ein Fädchen oder ein Haar vom Revers gepflückt und es mit spitzen Fingern weggeschnippt hat, denkt gar nicht daran. Es sieht fast aus, als weide sie sich an seiner Hilflosigkeit.

»Gibt es eine Tischordnung?« Die Stimme der Frau war überraschend tief und angenehm.

Es gab keine, sie warteten unschlüssig, und als sie endlich saßen, wünschten ganz offensichtlich die meisten, sie hätten andere Nachbarn. Lisa bekam Mitleid mit ihnen und verteilte die Speisekarten. So waren sie wenigstens beschäftigt und konnten sich hinter Brillensuchen und intensivem Menüstudium verstecken.

David, 20

Da sitzen sie, die Töchter, Enkel und Enkelinnen, Schwiegersöhne, Schwiegerenkel, eine Kusine mit einer riesigen Serviette um den faltigen Hals, die Zipfel stehen links und rechts ab wie im Comic. Den Prosecco haben sie zu schnell getrunken, ihre Wangen zeigen eine fleckige Röte, als hätte alle gleichzeitig eine heftige Allergie befallen.

Meine Frau Großtante Rieke tupft mit einem Batisttuch an ihren Augen herum, aber nicht vorsichtig genug, die Wimperntusche ist verschmiert, schwarze Schlieren in den Falten, Lachfältchen, dass ich nicht lache, sie sieht nicht aus, als hätte sie je gelacht, mit schiefem Mund vielleicht oder aus Schadenfreude. Wozu hat sie sich überhaupt geschminkt? Damit jeder sieht, dass sie geweint hat? Für Tränen und Schluchzen ist sie zuständig in der Familie, immer schon. Großmama hat ihren viktorianischen Blick. *She is not amused*. Natürlich nicht, ein Begräbnis ist keine Gelegenheit für Amüsement. Sie ist selten *amused*. So leicht es ist, sie zu beleidigen, so schwer ist es, sie zu amüsieren. Ich verstehe sie nicht, sie will wohl auch nicht verstanden werden, und eigentlich habe ich es längst aufgegeben, mich darum zu bemühen. Jede Kränkung, egal wie alt, hält sie an ihrem Busen warm. *An ihrem Busen warm*, ist das nicht eine Liedzeile? Was einem im Kopf stecken bleibt und warum, eigentlich immer nur ein Gefitzel, nicht einmal ein ordentlich geschnittenes Puzzleteilchen, ein Bruchstück ohne Zusammenhang, aber unverrückbar wie ein Felsen. So unverrückbar sind Felsen gar nicht. Die herausgerissenen Wurzelstöcke und die Felsblöcke nach dem Murenabgang, ein Weltuntergangsszenario, und mittendrin der Waldarbeiter, der mit seiner Axt die Äste abgehackt hat, eine ganz regelmäßige Bewegung, es sah aus, als würde er so weiter hauen bis in alle Ewigkeit, und ich hab mich dabei erwischt, wie ich die Arme eng an den Körper presste. Kalt ist es geworden, sagte Hannah, gab mir einen Klaps auf die Schulter und rannte vor. Fang mich! Wie sie sich dann an den Baum gelehnt hat. Geräkelt hat sie sich, und dabei ein Gesicht gemacht, ganz unbehaglich wurde mir, schließlich war der Waldarbeiter ganz in der Nähe. Jetzt hab ich's: *Wie hab ich oft so süß geträumt/an ihrem Busen warm/Wie freundlich schien des Herdes Glut/lag sie in meinem Arm*. Von wem ist das? Schubert. Muss Schubert sein. Aber wie fängt es an? Wie hab ich oft so süß geträumt … In dieses Atemholen bevor es weitergeht hat der gute Schubert alles hineinkomponiert, wovon ein Mensch träumen kann. Warum denk ich »der gute Schubert«? Er ist nicht mein guter Schubert, er ist niemandes guter Schubert, was für eine Frechheit, wie kommt er dazu, sich von Hinz und Kunz duzen zu lassen, und dann noch als mein Guter apostrophiert, mit dieser widerlichen und ganz und gar unangebrachten Herablassung? Bloß weil er tot ist und sich nicht wehren kann? Keine Achtung, kein Respekt. Menschenrechte für die Toten müsste man fordern. Warum zum Teufel reg ich mich auf? Meine Frau Großmutter hat bereits herübergeblickt. Wo ich bin und was ich tu. Nein, da geht's um Gott Vater, nicht um Großmütter, und überhaupt ist es paranoid oder egozentrisch oder beides, wenn man ständig glaubt, alle Blicke gelten nur einem selbst. Wo ich bin und was ich tu, sieht mir meine Oma zu?

Lieber Busen warm. Wie hab ich oft so süß geträumt …

»Findest du es nicht unpassend, bei einem Leichenschmaus zu summen?«

Tante Riekes Brillengläser sprühen Blitze, die tödlich wären, wenn man sich nicht längst an sie gewöhnt hätte. »Wo du doch immer der erklärte Liebling deiner Urgroßmutter warst. Schämen solltest du dich.«

Aber ja. Wenn es dich beruhigt, kann ich mich auch schämen. Wahrscheinlich sollten wir uns alle schämen, alle, die wir dasitzen, angeblich ihr zu Ehren. Edith Karmann geborene Voyac, genannt Ditta, gestorben im 93. Jahre ihres Lebens. Das ist auch so eine Phrase. Darf man gar nicht anfangen, darüber nachzudenken. Im 93. Jahre ihres Todes kann keine sterben, würde sie sagen. Sie würde mir zuzwinkern, unter irgendeinem Vorwand mit mir hinausgehen auf die Terrasse und ein bisschen lästern. Sie hat ein so feines Ohr für falsche Töne. Hatte ein so feines Ohr für falsche Töne, und überhaupt ein perfektes Gehör. Bei Onkel Manfreds Begräbnis hat sie mir zugeflüstert: »Jetzt werden sie gleich anfangen zu seufzen und zu fragen, wer wohl der Nächste sein wird.« Wie auf das Stichwort hat Großmama ihren Busen in wogende Bewegung versetzt, zuerst himmelwärts, dann auf ihre gefalteten Hände geblickt und genau das gesagt. Worauf wir beide, Dittaoma und ich, einander anschauten, gleichzeitig zu lachen anfingen und nicht mehr aufhören konnten. »Aber Mama!«, sagte Oma, »Mutter«, stöhnte Tante Rieke, wobei jedes T einen Sprühregen auslöste. Uroma presste beide Hände vor ihren Mund, aber das half nicht, sie prustete, stand auf, reichte mir mit königlicher Geste den Arm und ließ sich hinaus zur Toilette führen. Als sie zurückkam, sagte sie: »War leider schon ein bisschen zu spät, aber nur ein bisschen«, worauf wir beide wieder zu kichern anfingen. Oma und Tante Rieke ließen ihre üblichen gegenseitigen

Sticheleien und sprachen halblaut voll töchterlicher Anteilnahme darüber, dass Uroma in letzter Zeit Besorgnis erregend abbaue und wie schändlich es sei, dass ausgerechnet ich sie in ihrer Verrücktheit noch unterstütze. Uroma sagte, sie brauche frische Luft und mich als Stütze. Als wir auf der Straße standen, fragte sie: »Hast du die Blicke im Rücken gespürt? Ich fühl mich gespickt wie ein Rehbraten.« Sie tätschelte meinen Arm. Langsam gingen wir den Hügel hinauf, der Ahorn leuchtete gelb, die Buchen goldbraun, die Früchte der Ebereschen waren rot mit einem ganz leichten Stich ins Orange. Die Luft war voll von fallenden Blättern, die mit dem Wind tanzten, dadurch bekam die Landschaft eine ungeheure Tiefe. Zwei strubbelige weiße Wolken ließen den Himmel noch blauer erscheinen. Mit lautem Knall schlug eine Kastanie auf den Asphalt. Uroma blieb stehen, ich hob die Kastanie auf und reichte sie ihr. Als kleine Mädchen hatten sie und ihre Freundin säckeweise Kastanien gesammelt und für die Wildschweinfütterung in den Lainzer Tiergarten gebracht, auf dem Leiterwagen. Das rechte Rad eierte ganz furchtbar, sagte sie, obwohl der Hausmeister immer wieder versuchte, es zu richten. Alle Leute drehten sich nach den Kindern um, sie machten auch genug Krach, besonders auf dem Kopfsteinpflaster. Unter dem Craquelé ihrer Falten sah ich plötzlich das Gesicht der Achtjährigen, die sie einmal gewesen war. Sie rieb die Kastanie zwischen den Fingern, bis die braune Schale noch satter glänzte, drehte sie hin und her und zeigte mir den kleinen Stern, den ein Sonnenstrahl darauf zeichnete. »Den schenk ich dir«, sagte sie und drückte mir die Kastanie in die Hand, so fest, dass ein rotes Mal in meiner Handfläche erschien. Wenn ich wüsste, wo die Kastanie geblieben ist, vielleicht hab ich sie selbst weggeworfen. Kastanien verlieren ja so schnell Farbe und Prallheit, werden matt und schrumpelig. Wenn man wüsste, das ist die letzte Kastanie, die ich von diesem Menschen bekomme, würde sie kostbar. Aber man weiß ja fast nie, wann man etwas zum unwiderruflich letzten Mal tut. Würde man achtsamer, wenn einem bewusst wäre, es könnte das letzte Mal sein, der letzte Apfel, das letzte Winken aus dem Fenster? Eigentlich hat sie mir ja den Stern geschenkt, nicht die Kastanie, wenn man's genau nimmt. »Den«, sagte sie, nicht »die«. Manchmal schafft diese unsere komplizierte Sprache mit ihren Geschlechtszuordnungen doch tatsächlich etwas wie Klarheit.

Da steht sie und winkt mit erhobenen Händen, ein bisschen übertrieben, damit man es auch sieht, in dem Winken ist fast eine Geste des Segnens, nein, bitte, ich fang gleich an zu heulen, hier doch nicht. Später. Später denk ich an dich.

Großtante Rieke und ihr Schwiegersohn reden seit mindestens einer Viertelstunde über alles, was sie nicht essen können, weil es ihnen aufstößt, Magendrücken, Zwerchfellhochstand, Sodbrennen verursacht, dazu das ewige Problem mit dem Knoblauch, »heutzutage stinkt ja alles nach Knoblauch«, und dazu noch die Liste des Verbotenen. Wenn ich ihr Arzt wäre, würde ich aus schierer Boshaftigkeit alles verbieten, was sie gern essen. Warum muss ich überhaupt zuhören, was sie sagen, es macht mich nur wütend, ist doch völlig egal, und was geht's mich an? Einen feuchten Dreck. Mit solchen Leuten muss man verwandt sein. Komisch, unverwandt hat mit verwandt gar nichts zu tun. Oder wahrscheinlich doch. Hat ja alles mit allem zu tun. Aber ich nichts mit denen. Warum regen sie mich auf? Wenn sie etwas gefunden haben, das sie beide verabscheuen, lächeln sie einander an wie Verschwörer, nein, beinahe wie heimliche Liebhaber. Feucht. Na, was sag ich? Beide entscheiden sich seufzend für

Schnitzel. Streng verboten. Hoffentlich in altem, stinkendem Öl ausgebraten.

Die Kusine dreht ständig den Kopf nach der Tür. *Puppet on a string*. Ist die Frau neben ihr ihre Tochter oder eine Pflegerin? Für eine Tochter ist sie zu jung, glaube ich, aber da kann man sich irren. Außerdem weiß ich nicht, ob sie überhaupt eine Tochter hat. Wie klein ihre Hände sind, mit runden, kurz geschnittenen Nägeln, sie flattern wie die Hände einer Katakali-Tänzerin.

Der Ober hat die Runde um den langen Tisch endlich geschafft, hat alle Bestellungen aufgenommen. Einen Augenblick lang sind alle ruhig, mitten in die Stille schneidet die scharfe Stimme der Kusine: »Wo bleibt denn Ditta schon wieder? Immer kommt sie zu spät, rücksichtslos ist das! Mama hat immer schon gesagt, auf Ditta ist kein Verlass.«

Köpfe fahren in die Höhe, senken sich sofort, so viele Doppelkinne, Blicke irren zum Nachbarn, zur Nachbarin, hinauf zur Decke, hinunter auf die eigenen Hände. Großtante Rieke räuspert sich, öffnet den Mund, schließt ihn wieder. Großmama putzt sich die Nase. Eine Fliege surrt laut zwischen Glühbirne und Schirm der Lampe über der Anrichte. »Aber die ist doch tot«, sagt einer von den zwei Buben, die bisher stumm und reglos dagesessen waren, wahrscheinlich von strengen Erwachsenenblicken hypnotisiert.

Die Kusine stopft ein Stück Semmel in ihren Mund. Jetzt fällt mir doch ihr Name ein, Elvira. »Typisch«, murmelt sie. »Keine Spur von Respekt. Die werden alle noch sehen, wohin ihre sogenannte Erziehung führt. Ich werde es ja Gott sei Dank nicht mehr erleben.« Ich bin schwer in Versuchung, ihr zu sagen, dass ein gut eingeweichtes Semmelbrösel an ihrer Unterlippe klebt, direkt über dem einen dunklen Haar in der Falte zwischen Mund und Kinn. Großtante Rieke wendet sich an die Kusine. »Elvira, wir haben Ditta eben begraben.«

Elvira macht eine Bewegung, als wollte sie Fliegen verscheuchen, ihr Blick sucht irgendwo in der Ferne Halt, leise und flehentlich sagt sie: »Mit solchen Dingen macht man keine Scherze!«

»Tut mir leid, Elvira, das ist kein Scherz. Ditta ist vor einer Woche gestorben.«

Die Falten am Hals der Kusine beginnen zu zittern, ihr kleiner Mund schrumpelt ein zum Blütenansatz einer Kletzenbirne. Zwei gläserne Kuppeln bilden sich über ihren Augen, platzen, rinnen in die Mundwinkel, sie leckt die rechte Träne weg, dann die linke. Plötzlich kichert sie. »Ich hab's ja immer gesagt. Ditta kommt zu ihrem eigenen Begräbnis zu spät.«

»Zum eigenen Begräbnis kommt niemand zu spät.« Dieser Triumph in Großtante Riekes Stimme, in dem Blick, mit dem sie die Kusine taxiert, und im Vorübergleiten auch noch meine Großmama. Sie lebt, und neben der Kusine fühlt sie sich groß und stark, im Vollbesitz ihrer geistigen Kräfte. Elvira schnäuzt sich laut in die Serviette, die man ihr um den Hals gebunden hat. Die junge Frau neben ihr löst den Knoten, fasst mit zwei Fingern die Serviette, weiß nicht wohin damit. Wenn ich jetzt aufstünde, könnte ich ihr die Serviette abnehmen und hinaustragen, die nette Kellnerin würde mir bestimmt eine neue geben. Ich bleibe sitzen, schaue zu, wie die junge Frau die Serviette zusammenballt, sich umsieht, sie in das Netz am Rollstuhl steckt. Gewiss ist sie erst seit kurzem Betreuerin der Kusine, es ist ihr offenbar noch furchtbar peinlich, wenn sich die alte Frau danebenbenimmt, ganz als wäre sie dafür verantwortlich. Was Großmama anscheinend auch findet, sie erwürgt gerade ihr Taschentuch.

Dieses seltsame Lächeln auf dem wächsernen Gesicht, ganz anders als das Lächeln, das ich an ihr kannte. Sehr fremd, abgehoben. Als wüsste sie etwas, das sie uns nie verraten würde. Wer hat die Falten auf Stirn und Wangen geglättet, eigentlich ein junges Gesicht, aber aus Alabaster geschnitten. Ganz außerhalb der Zeit, und sonst haben doch Gesichter so etwas wie eine Generationenähnlichkeit, die liegt nicht nur an den Frisuren. Schön war sie, so schön, dass es wehtat. Es hätte sie gefreut, sich so zu sehen. Einmal sagte sie zu mir: »Du hältst mich vielleicht für eitel, aber ich finde es einfach ärgerlich, wie viele Dinge an mir meinen Schönheitssinn beleidigen.« Sie spreizte die Finger. »Schau dir das an, eine Schildkröte ist nichts dagegen.« Nie zuvor waren mir die Altersflecke und die vielen Falten auf ihren Händen aufgefallen. »Mir gefällst du«, erklärte ich, da lachte sie schallend. »Du hast aber auch gar keinen Geschmack, mein Lieber.«

Am anderen Ende des Tisches wird jetzt gelacht, verhalten noch. Gehört wahrscheinlich dazu, ist mir lieber als diese falsche Betroffenheit. Vielleicht ist sie auch gar nicht so falsch, wie sie mir vorkommt. Der Tod war da, aber er hat eine andere geholt. Grund zum Feiern. Noch einmal davongekommen. Für wie lange? Großmutter und Großtante Rieke stehen jetzt in der vordersten Reihe, aber die können kaum den kalten Wind von den anderen abhalten, wie das die Uroma getan hat. Ich weiß nicht einmal, ob sie an ein Leben nach dem Tod geglaubt hat. An ein Leben vor dem Tod hat sie geglaubt, das ist sicher. Vom Sterben hat sie nie gesprochen, oder doch, ein oder zwei Mal, und dann hat sie gelacht und erklärt, sie hält es nicht aus, wenn ich so betropetzt dreinschaue. Nie wieder wird jemand betropetzt zu mir sagen. Das Wort gehört zu ihr: Woher kommt es eigentlich? Ich hätte sie fragen können, sie hatte einen so ungeheuren Vorrat an sinnlosem Wissen, wie sie immer sagte. Nur von dem, was sie gerade brauche, habe sie leider keine Ahnung, erklärte sie nicht ohne Koketterie. Fragen kann ich wie eine Dreijährige, setzte sie einmal hinzu. Aber die Antworten werden immer weniger, die jedenfalls, die ich glauben kann.

Wer schießt hier mit Brotkügelchen? Die Buben waren es nicht, die stehen unter der strengen Aufsicht ihrer Mutter. Die Blonde gegenüber grinst mich an, beugt sich vor, da klafft der Ausschnitt ihrer gelben Bluse, als ginge ein Vorhang auf. Braune kleine Brüste hat sie. Ob ich sie nicht mehr kenne? Sollte ich?, frage ich zurück. Ein neues Brotkügelchen trifft mich mitten auf der Stirn. Eine vage Erinnerung taucht auf, eine lange Tafel, ein Mädchen ganz in Rosa, Trinkhalme, meiner ist blau-weiß gestreift, das Mädchen zeigt mir, wie man den Trinkhalm als Blasrohr verwendet. Ich schaffe es beim dritten oder vierten Versuch, treffe Tante Rieke am Ohr. Sie packt und schüttelt mich, meine Mutter und meine Großmutter schimpfen auf mich ein, mich kann man nirgendwohin mitnehmen, es ist eine Schande, ich soll mir ein Beispiel an meiner Kusine nehmen, die dasteht, als ginge sie das alles nichts an, ein Bilderbuchmädchen. Ich bin wütend auf sie, aber ich verrate sie nicht, ihre braunen Haare fallen so weich, ihr Mund ist so rot und so groß. Als sie den Raum verlässt, dreht sie sich halb um, küsst ihren Zeigefinger und pustet in meine Richtung. Ich schlucke, atme ein, bis die Luft mich zu sprengen droht. Später sehe ich sie im Garten auf der Schaukel eng umschlungen mit einem Buben, der einen Kopf größer ist als ich. »Seit wann färbst du dir die Haare?«, frage ich. Sie lacht, bis sie husten muss und die allgemeine Aufmerksamkeit auf sich zieht. Wann kann ich endlich weggehen. Ich sehe sie vor mir in ihrem rosa Kleid mit dem Gänseblümchenkranz in den Haaren, aber ihren Namen weiß ich nicht, will ich gar nicht wissen.

Nach dreizehn Jahren sehen wir uns wieder, und mir fällt nichts anderes ein, als zu fragen, ob sie ihre Haare färbt. Sie gluckst schon wieder, legt ihr ganzes kleines Gesicht in ernsthafte Falten. Was ich studiere, will sie wissen und kann sich gar nicht einkriegen, dass ich ausgerechnet Indologie studiere, wenigstens fragt sie nicht, was ich einmal damit anfangen will, beruflich, stellt allerdings fest, das müsse auch der Grund sein, warum ich nicht rede wie ein normaler Mensch, was immer das in ihren Augen sein mag. Übrigens heiße sie jetzt nicht mehr Pipsi, sondern Patricia, das soll ich mir bitte schön merken. Und ob ich schwul bin, möchte sie wissen. Die Frau macht mich krank. Nicht, dass sie etwas gegen Schwule hätte, fügt sie noch hinzu. Natürlich nicht. Some of my best friends are … Hier lässt sich einsetzen, was du willst, und was du nicht willst auch. Einige von den anwesenden Damen ziehen klebrige Blicke von mir zu ihr, von ihr zu mir. Altweibersommer. Schneckenfäden. Ich stehe auf und gehe hinaus.

Zwei von den Schwiegersöhnen sind damit beschäftigt, ihre Pimmel ordentlich auszuschütteln, als ich das Pissoir betrete, dabei machen sie Gesichter, als studierten sie die Bilanz eines maroden Unternehmens, dem sie den Kredit verweigern werden. Ebenso ernsthaft kontrollieren sie ihre Zippverschlüsse und den Sitz ihrer reinseidenen Krawatten. Im Hinausgehen sagt der eine: »Kopf hoch, junger Mann.« Fehlt gerade noch, dass er mir auf die Schulter klopft. Wirbt er um meine Stimme bei der Wahl zum Familienoberhaupt? Diese Familie braucht kein Oberhaupt mehr, weil sie nämlich mit diesem Tag aufgehört hat, eine Familie zu sein, die

Nabe ist aus dem Rad gefallen, die Speichen spritzen in alle Richtungen. Hat sie überhaupt gewusst, was ihre Funktion war in dieser Familie, diese Edith Karmann, geborene Voyac? Herrgott, ich hätte nie gedacht, dass ich sie so vermissen würde. Oft genug hätte ich sie besuchen können und hab's nicht getan, weil ich ihre ewigen Fragen indiskret fand, weil sie mir auf die Nerven ging, weil sie …

Jetzt kämpfen die Schwiegersöhne um den frei gewordenen Stuhl. Die Töchter haben nämlich darauf verzichtet, für sich selbst und gleich auch für ihre eigenen Töchter und für ihre Enkelinnen. Oft habe ich gehört, wie meine Frau Großmutter ihrer Schwester Rieke zuzischelte: »Mama fällt wieder aus dem Rahmen!« Die beiden fielen nie aus dem Rahmen, die gingen nicht einmal bis auf Rufweite an ihre Grenzen heran, und ihre Töchter mussten perfekt sein, dafür wurden sie auch mit Lob und Geschenken überschüttet, eine schlechte Note auf eine Schularbeit war ein Verrat an den Müttern. Uroma hat sich den Bauch gehalten vor Lachen, als sie mir erzählte, dass Stefanie ihrer Enkeltochter Naomi verboten habe, sie allein zu besuchen. »Ich bin wohl kein Umgang für sie. Spiel nicht mit der Schmuddeloma. Manchmal komme ich zufällig an ihrer Schule vorbei.« – »Und dann«, sagte ich, »trefft ihr euch ganz zufällig in der Konditorei.« Sie nickte. Sie könne doch nichts dafür, dass es dort die besten Topfengolatschen gebe, und sie liebe nun einmal Topfengolatschen.

Von da an nannte ich sie manchmal Schmuddeloma, aber nur, wenn wir allein waren. Meine Mutter hatte keine Einwände gegen meine Besuche, im Gegenteil. Sie selbst ging allerdings nur zu besonderen Anlässen hin, schon als ich noch sehr klein war, fiel mir auf, dass sie in Uromas Gegenwart dasaß wie ein artiges Mädchen, die Knie zusammengepresst, den Rücken gerade. Ja bitte, nein danke, viel mehr sagte sie nicht. Am ersten Geburtstag nach der Scheidung von Papa brachte sie mich mit einem Blumenstrauß zu Uroma. Ich sehe noch die brüske Bewegung, mit der Uroma das Fenster aufriss. »Lilly!«, schrie sie. »Komm sofort herauf!« Kurz darauf klingelte es, Uroma ging selbst zur Tür, als Mama mich sah, riss sie mich an sich und hielt mich so fest, dass ich zu schreien anfing. »Lilly«, sagte Uroma streng, »was zwischen meinem verrückten Enkel und dir schiefgelaufen ist, geht mich nichts an, für mich bist du die Mutter meines Urenkels, zerdrück den Buben nicht. Du bist und bleibst Familie, ob du willst oder nicht, und jetzt sag, ob du Kaffee willst oder Sekt oder beides.« Da fing Mama an zu weinen und Uroma gab ihr eines von ihren riesigen Taschentüchern, weiß mit dunkelrotem Rand und dem aufgestickten Monogramm meines Urgroßvaters, FK, Friedrich Karmann. Das waren die ersten Buchstaben, die ich lesen konnte, ich begrüßte sie wie alte Bekannte auf jedem Schild, auch unter den Schmierereien an den Wänden der Bahnunterführung. Dort versuchte Mama mich immer wegzuziehen, wenn ich mit lauter Kinderstimme stolz las: F…K. Mama und Urgroßmama mochten einander, auch wenn es meist nicht so aussah. Vielleicht waren sie sich zu ähnlich, beide stur wie sonst was, die eine wie die andere. Jede wusste genau, was für die andere gut wäre. Es war richtig, Mama nicht zu verständigen. Hoffentlich geht es ihr besser in diesem Krankenhaus in Ouagadougou. Sie wäre imstande gewesen, mit dem Riesengips zu Urgroßmamas Begräbnis zu kommen. Typisch für sie, dass sie sich geweigert hat, mit der Flugrettung heimgebracht zu werden. Eine neue Erfahrung, in einem afrikanischen Krankenhaus Patientin zu sein, hat sie mir ausrichten lassen. Ich glaube, auf manche Erfahrungen kann ich verzichten. Morgen werde ich sie anrufen, nein, ich schreibe ihr besser, obwohl auch das schwierig ist. Warum frage ich mich, ob sie je zurückkommen wird, jetzt, wo Urgroßmama nicht mehr auf sie wartet? Ich muss zurück zu dieser grässlichen Trauergesellschaft. Trauergesellschaft? Wer trauert da? Urgroßmama hat alle zusammengehalten. Ihre bissigen Bemerkungen haben alle genervt, besonders wenn Fremde dabei waren, wanden sich vor allem ihre Töchter vor Peinlichkeit, bis sie total verknotet waren, nur Urgroßmama strahlte. Zum letzten Geburtstag hab ich ihr einen Stock geschenkt, einen richtigen altmodischen Damenstock mit Silbergriff, und hab gesagt, sie könnte eine Kerbe hineinritzen für jede gut platzierte Bosheit. Da hat sie mir mit dem Stock gedroht.

Abschied nehmen ist eine teuflisch schwere Arbeit. Nimmt man Abschied von einem Menschen oder Abschied von einem Bild? Meine Ditta haben die anderen hier alle nicht gekannt. Angeblich verblassen die Bilder mit der Zeit. Heißt das, dass man auch von den Bildern Abschied nehmen muss?

Wie kann man mit zwanzig so müde sein.

Die Frau im Rollstuhl hat ein ganz süßes Lächeln«, berichtete Lisa der Köchin. »Es hängt nur schief in ihrem Gesicht, wahrscheinlich hat sie einen Schlaganfall gehabt. Wirklich sehenswert, welche Mühe sich die Damen geben, nicht zu zeigen, wie sie sich ekeln, wenn sie mit offenem Mund kaut und ihr der Essensbrei übers Kinn läuft. Ein schöner Anblick ist es ja wirklich nicht.«

Bärbel nickte. Sie kenne das von ihrer Großmutter. Ihr habe auch gegraust, und es habe überhaupt nicht geholfen, dass die Mutter sagte: »Denk daran, wie oft die Oma deinen Hintern geputzt und deinen Dreck weggemacht hat.« Sie habe es einfach nicht gelten lassen, dass ein kleines Kind nun einmal etwas anderes sei als ein alter Mensch. Aber die Mutter habe die Großmutter nie selbst gefüttert. Eines Tages habe die Großmutter den Mund nicht geöffnet, als sie mit dem Löffel kam, da habe alles Zureden nicht geholfen, sie glaube nicht, dass man ihr mit der Brechstange die Kiefer auseinanderzwängen hätte können, Zähne habe sie ja schon lange keine mehr gehabt, und von dem Tag an habe sie nichts mehr gegessen, höchstens aus der Schnabeltasse Tee getrunken, und als der Pfarrer kam, weigerte sie sich zu beichten. Ihre paar Sünden, sagte sie plötzlich ganz klar, die habe sie schon längst abgebüßt, und sie müsse sowieso mit dem lieben Gott ein Wörtchen reden, der habe auch einiges zu erklären. Damals hätten alle erwartet, dass der Herr Pfarrer einen seiner Wutausbrüche bekäme, für die er im ganzen Landkreis berühmt war, aber er habe ihr nur ein Kreuzzeichen auf die Stirn gemacht und genickt und gefragt, ob sie die heilige Kommunion empfangen wolle, »und das wollte sie und war ganz andächtig und draußen haben die Vögel gesungen«. Während Bärbel redete, formte sie Knödel und legte sie behutsam ins brodelnde Wasser, zwischendurch rührte sie die Zwiebeln in der Pfanne, schmeckte eine Sauce ab, wendete die Bratkartoffeln, nickte Lisa zu, sie könne schon die Salatschüsseln füllen. Alban zapfte an der Theke Bier. Hanka stellte Suppenteller auf ein Tablett.

»Besser schnell füttern«, sagte sie, »hungriges Magen knurrt wie böse Hund. Keiner da drin schaut andere an, immer nur Tischtuch. Ist gefährlich.«

Marie, 81

Wie kann man einen Menschen gleichzeitig umarmen und sich vom Leib halten? Hoffentlich geht er wenigstens mit seiner Frau anders um. Schon als kleiner Bub wurde er stocksteif, wenn ich ihn in den Arm nahm. Wenn ich ihm ein Busserl gab, lief er ins Badezimmer und wusch sich endlos lange das Gesicht. Gut, dass die Kinder so schnell kamen, es ist zwar die Mutter jung, aber Andreas wird über siebzig sein, bevor die beiden die Matura machen. Der Große ist ihm wie aus dem Gesicht geschnitten, dieselbe feine Nase, dieselben geschwungenen Brauen, derselbe etwas zu fleischige Mund. Der Kleine kommt mehr nach der Mutter, er hat ihre Augen, so dunkel, dass man die Pupille nicht sieht, und die schwarzen Locken. Wenn ich nicht wüsste, dass sie Schweizerin ist, hätte ich sie für eine Italienerin gehalten, aber sie stammt von einem Bergbauernhof aus dem Engadin. Wie zart sie ist, und wie sie den Andreas anhimmelt, obwohl sie doch schon vier Jahre verheiratetet sind, ich glaube, er genießt das, aber wie lange noch, bevor es ihm langweilig wird? Ich wünsche ihr so sehr, dass er sie nicht enttäuscht, sie hat etwas sehr Liebes an sich, aber zerbrechlich, ich hab fast das Gefühl, ich müsste leise reden in ihrer Gegenwart. So ein Unsinn. Warum schaffe ich es nicht, sie einfach anzurufen? Sie rührt mich, ich glaube nicht, dass sie oft verwöhnt worden ist, wenn überhaupt. Nicht, dass ich gut wäre im Verwöhnen, aber ich könnte es versuchen auf meine alten Tage. Komischer Gedanke. Wenn Andreas dabei ist, sagt sie meist kein Wort, lächelt nur, beobachtet. Genau, das ist es, ich fühle mich von ihr beobachtet, weiß ja auch nie, ob sie wirklich mich anschaut, oder ob es nur an den dunklen Augen liegt mit den versteckten Pupillen. Wenn wir allein sind, redet sie schon mit mir, eigentlich fragt sie mehr und hört sehr aufmerksam zu. Sie will alles über Andreas wissen, und ich kann ihr so wenig sagen. Ich glaube nicht einmal, dass ich es vergessen habe, ich hatte nur keine Zeit damals, auf ihn zu achten, solange er nichts anstellte, solange es keinen ungebührlichen Lärm gab, kein Fieber, keine zerrissenen Hosen, keinen Ärger in der Schule … Steffi und Rieke, die haben doch so viel Raum eingenommen, neben ihnen war fast kein Platz, da musste ich ständig irgendwas tun, der Bub lief so nebenher, nicht, dass er mir gleichgültig gewesen wäre, beileibe nicht, es hat ihm auch an nichts gefehlt und krank war er nur ganz selten. Ich bin eine schlechte Großmutter, ich finde es unausstehlich, wie sich die Buben aufführen, jetzt wirft der Kleine Pommes und der Große fängt sie mit offenem Mund auf. Bei einer anderen Gelegenheit könnte ich vielleicht darüber lachen. Eine gute Großmutter findet ihre Enkelkinder immer hinreißend, auch wenn sie das Tischtuch mit Ketchup bemalen. Es war schwer genug, Mutter zu sein, ich hatte das ja nicht gelernt, woher denn? Meine Mutter hatte genug damit zu tun, uns sechs irgendwie satt zu kriegen, ich kann mich nicht erinnern, dass sie je eines ihrer Kinder in den Arm genommen hätte, sobald sie abgestillt waren. Es genügt leider nicht, ein Kind zur Welt zu bringen, es genügt auch nicht, das Kind zu füttern, sauber und warm zu halten. Aber es muss genügen, oft und oft. Ein Schuft, der mehr gibt, als er hat, hat meine Großmutter oft gesagt. Hochstapler sind auch Zechpreller, hat sie hinzugefügt, und die können einen Kuhfladen mit Zuckerguss überschütten, bis er selber glaubt, er wär eine Torte. Immer wieder muss ich mich fragen, was geworden wäre, wenn die alte Dame nicht eines Tages beim Wäscheaufhängen zu mir gesagt hätte, Marie, gib endlich zu, dass du schwanger bist. Wir haben gerade ein Tischtuch gespannt, das damastene mit der breiten Klöppelspitze, auf das der Herr Oberamtsrat seine Zigarette fallen ließ, als er aus dem Lazarett zurückkam. Ich war schon im fünften Monat, und bis zu der Minute hatte ich mir selbst nicht zugegeben, was mit mir los war. Mit wem hätte ich auch sprechen sollen? Ich kannte ja niemanden in Wien, buchstäblich niemanden. Die Resi, die bei den Nachbarn in Dienst war, war schon heimgeschickt worden in ihr Dorf, sie war die Einzige, mit der ich manchmal am freien Nachmittag spazieren ging. Wenn man mit niemandem reden kann, hat man auch keine Wörter, um sich selbst etwas zu erzählen, und was man nicht sagt, das hängt irgendwie dazwischen, wo dazwischen weiß ich nicht, sollen sich die anderen die Köpfe zerbrechen, die haben es schließlich gelernt und werden auch bezahlt dafür. Ist mir doch egal, wenn nicht alles logisch ist, was ich mir denk. Außerdem bin ich gar nicht sicher, ob ihre Logik immer logisch ist, aber das sag ich natürlich nicht, sonst halten mich wirklich alle für blöd. Andreas hat wieder seinen besorgten Blick, ich finde nicht, dass es einem Sohn zusteht, seine Mutter anzuschauen, als wäre er ihr Lehrer oder ihr Vater. Am Tag nach seinem vierzehnten Geburtstag hat mich Andreas gefragt, ob ich seinen Vater geliebt habe. Ich hab zu lang gezögert mit der Antwort, da ging er hinauf in sein Zimmer und hat monatelang nicht mit mir gesprochen. Ich wollte, ich hätte ja gesagt, aber ich habe es nicht geschafft. Ich weiß bis heute nicht, ob das, was wir hatten, Liebe war. Genau genommen weiß ich überhaupt nicht, was Liebe ist. Ich weiß aber, dass es zu wenig gibt davon auf der Welt. Verkrochen haben wir uns ineinander, Fritz und ich, er war ja so verstört nach dem Tod seiner Mutter, und dann kam der Vater aus dem Lazarett ohne Beine und mit nur einem Arm, so streng und unnahbar bei Tag und diese furchtbaren Schreie in der Nacht, immer und immer wieder schrie er, und wir haben nichts verstanden außer: Ich war's nicht. Immer wieder: Ich war's nicht. Bis in mein Zimmer im Keller hat man ihn gehört, wenn auch nicht so laut wie oben, und dann ist Fritz gekommen und ist an meinem Bett gesessen und hat gezittert, es war ja bitter kalt in dem Winter 44/45, zum Schlafengehen hab ich die dicken Socken angezogen und die warme Jacke übers Nachthemd und die Strickmütze hab ich aufgesetzt. Schön muss ich ausgeschaut haben, aber er ist unter meine Decke gekrochen und ich hab ihn gewiegt. Da ist es dann halt passiert, und im März ist der Fritz freiwillig zur Flak gegangen, hat sich zwei Jahre älter gemacht, ich hab ihn nicht halten können. Warum er das getan hat, weiß ich bis heute nicht, er hat nur gesagt, er muss. Drei Tage war er Flakhelfer, am vierten Tag kam der Blockwart und brachte seine Firmungsuhr und redete vom Heldentod für Führer und Vaterland. Der Herr Oberamtsrat hat nur genickt, als hätte er es längst gewusst, die alte Dame hat die Hand ausgestreckt und den Blockwart aus dem Haus gewiesen, der ist auch lammfromm gegangen, darüber hab ich lachen müssen, war wohl der Schock. Warum sag ich die alte Dame, wenn ich an die Zeit denke, sie war doch nur zwölf Jahre älter als ich, und dann hat sie verlangt, dass ich sie Edith nenne, das hab ich auch getan, aber es ist mir immer schwergefallen. Sie hat auch nicht gefragt, von wem ich schwanger bin, ein paar Tage später hat sie mich in ihr Zimmer gerufen. Da saß der Herr Oberamtsrat in dem Rollstuhl, den wir auf dem Dachboden gefunden hatten, mit Peddigrohr und geschwungenen Kufen, die rote Decke über dem Schoß, und sie sagte ganz feierlich: »Du hast deinen Sohn nicht ganz verloren, Marie wird dir einen Enkel schenken.« Er fing an zu brüllen, das kennt man ja, die Dienstboten machen sich an die jungen Herren heran, eine Hure hat er mich geheißen. Edith sprang auf, trat neben ihn, so dass er den Kopf weit zurücklegen und zu ihr hochblicken musste, und sagte sehr leise: »Die Marie ist ein gutes Mädchen, und du nimmst das sofort zurück.« Er ballte die eine Faust, die er noch hatte, und was er alles schrie, das kann sich kein Mensch vorstellen. Edith legte einen Arm um meine Schultern und sagte, wenn einer ihr Haus verlassen müsse, dann ganz gewiss nicht ich, und er soll sich nach einer Pflegerin umsehen, Witwen gibt es genug, sagte sie, und er soll nur nicht glauben, dass er sich um seine Pflichten als Großvater drücken kann. Mir war so furchtbar schlecht, ich wollte hinauslaufen, aber Edith hat mich zurückgehalten, und plötzlich konnte ich alles, was mir hochkam, nicht mehr schlucken und mein Mund ging ohne mein Zutun auf und der Schwall traf den Teppich mitten im Medaillon, und sosehr wir putzten und ihn später, 1946 oder erst 48, sogar in die Teppichwäscherei brachten, da blieb immer ein Fleck, man kann ihn heute noch sehen, wenn man die Stelle weiß. Der Alte zog erst Monate später aus, angeblich dauerte es so lange, bis die ärgsten Schäden an seiner Wohnung repariert waren, das Haus war von einer Bombe gestreift worden. Aber ich habe ihn nie wieder gesehen, schon am nächsten Tag kam eine Frau ins Haus, die brachte ihm das Essen auf sein Zimmer. Edith hat gesagt, sie wird ihn erst wieder als ihren Bruder betrachten, wenn er sich bei mir entschuldigt hat. Er hat für Andreas gezahlt, aber das Geld hab ich nie angerührt, und entschuldigt hat er sich nicht. Jahre später wollte er Andreas sehen, der ging auch hin, aber er hat mir nichts darüber erzählt. In seinem Testament hat mir der Herr Oberamtsrat eine Kette hinterlassen, das sollte wohl eine Art Entschuldigung sein, aber dafür war es zu spät. Eine schöne Kette, mit Perlen und grünen Steinen. Salamander, nein, was für ein Unsinn, Smaragde, kommen beide in den Märchen vor, daran muss es liegen, Zauberdinge, hoffentlich bringen sie kein Unglück, ich hab sie der Veronika geschenkt zu Rainers Geburt. Ein bisschen zerknittert sieht sie aus, fast als wäre der Glanz ab, was für ein dummer Gedanke, Mütter mit kleinen Kindern bekommen eben nicht genügend Schlaf, dann können sie nicht aussehen wie das blühende Leben. Ich will ja keine typische Schwiegermutter sein, aber manchmal denke ich schon, dass die jungen Frauen heute gar nichts aushalten. Worüber sie sich beklagen, das wäre für mich das Paradies auf Erden gewesen. Wenn ich nur ans Teppichklopfen denke, die Jungen wissen gar nicht, was so ein Teppich wiegt und wie störrisch er sich aufführt, wenn man ihn über die Klopfstange hängen will. Im Winter haben wir die großen Teppiche in den frischen Schnee gelegt, mit dem Flor nach unten. Hinterher hat der Schnee ausgesehen wie heute schon nach ein paar Stunden, fleckig und grau. Warum ich mich da jedes Mal geschämt habe, weiß ich auch nicht. Damals hat Edith mir ja angeboten, ich könnte lernen, was ich wollte, aber ich konnte nicht, irgendwie kam es mir total verkehrt vor, Prüfungen hatten mich schon immer verschreckt, aber es war nicht nur das, es war auch eine Art Trotz, weil ich spürte, es wäre ihnen allen lieber gewesen, wenn ich einen anderen Beruf gehabt hätte. Schließlich war es peinlich genug, besonders für Stefanie und Friederike, immer wieder die Familienverhältnisse erklären zu müssen, und irgendeine von den

Damen, die zu Besuch kamen, fing unter Garantie an zu rechnen und sagte stirnrunzelnd und kopfschüttelnd, aber da war der Fritz doch erst vierzehn! und blickte sich hilfesuchend im Zimmer um, und ich stand da in meinem dunklen Kleid mit dem Tablett in der Hand. Natürlich war es mir auch peinlich, aber gleichzeitig hatte ich so ein perverses Vergnügen daran, wenn sich alle gewunden haben wie die Aale. Ich war eben ein Dienstmädchen, die Arbeit konnte ich inzwischen gut, warum sollte ich ihnen zuliebe etwas anderes sein, nur damit sie sich nicht mit mir genieren müssten? Das Geld vom Alten hab ich wie gesagt nicht angerührt, ich hab meinen Sohn allein erhalten, zu seiner Promotion hat er das Sparbuch bekommen. Von deinem Großvater, habe ich gesagt. Ich habe Edith angeboten, mir eine andere Stellung zu suchen, aber davon wollte sie nichts wissen. Wenn du schon so stur bist, dann kannst du diesen Haushalt führen und ich den Laden, wir haben ja Glück gehabt, die besten Stoffe hab ich hier im Keller aufbewahrt, es wird eine Weile dauern, bis die Konkurrenz solche Qualität bekommen kann, und das Geld brauchen wir auch. Außerdem ist es besser für den Kleinen. Untersteh dich, dich bei mir zu bedanken, sagte sie, noch bevor ich auf die Idee gekommen wäre. Aber natürlich war ich ihr dankbar, ich hatte mein schönes Zimmer im ersten Stock, mit Balkon sogar, sie vertraute mir völlig, prüfte nicht einmal das Haushaltsbuch, ich konnte mir die Arbeit einteilen, und sie bestand darauf, dass die Wäscherin wie bisher alle drei Wochen kam. Nach ihrem Fünfundsechzigsten sagte die Frau Karolin, sie schafft es nimmer, und Edith hat eine Waschmaschine gekauft. Mir hat's leidgetan, ich hab mich gern mit der Frau Karolin unterhalten, sie hat ein so schweres Leben gehabt und so herzlich lachen können, auch über sich selbst. Die Arbeit war nicht das Problem, ich hätte gut und gern verzichten können auf den alten Mann, der sich um den Garten gekümmert hat, und auch auf seinen Sohn, der alle sechs Wochen die Fenster putzte. Aber die Mädchen. Kein Mensch kann sich vorstellen, was es bedeutet, mit zwei Mädchen zusammenleben zu müssen, die sich nichts, aber schon gar nichts sagen lassen. Ich war ja auch nur knapp zehn Jahre älter als sie, woher hätte ich da eine Autorität nehmen sollen? Wie sie die Brauen heben konnten, wenn ich eine von Ediths Vorschriften durchzusetzen versuchte, bis weit über den Haaransatz hinaus, ich schwöre, auch wenn das unmöglich ist, sie konnten es. Und wie sie schauten. Als »unsere Beinahe-Tante« stellten sie mich vor, wenn sie das Haus mit jungen Leuten füllten, ihr Vater war ja damals schon ständig unterwegs, »in Geschäften«, sagte Edith, mit einer Betonung, die einen seiner Wutanfälle hervorgerufen hätte, wenn er sie je gehört hätte. Mit immer lebhafteren Ausschmückungen erzählten die Mädchen ihren Freundinnen meine Geschichte, ich bin sicher, sie weideten sich daran, dass es mir so unangenehm war. Andreas holten sie aus seinem Bettchen, reichten ihn von Arm zu Arm, kitzelten ihn, bürsteten seine weichen dunklen Haare zu verrückten Frisuren und gaben ihn mir erst zurück, wenn es aus seiner Hose tropfte. Wie ich sie gehasst habe. Umbringen hätte ich sie können. Aber wenn Edith heimkam und fragte, ob wir uns gut amüsiert hätten, lächelte ich und nahm ihr den Mantel ab. Ich war feige, Gott, war ich feig. Aber das war auch die Zeit, damals streckten nicht einmal Verheiratete ihre Bäuche so stolz heraus, wie das heute auch die Ledigen tun, die heißen ja nicht mehr ledige, sondern alleinerziehende Mütter. Beim Aufräumen haben die Mädchen immer geholfen, das schon. Wenn Edith die Tür öffnete, war alles, wie es sein sollte. Ich glaube fast, diese hektischen Dreiviertelstunden, wo wir zu dritt kehrten, Staub saugten, Geschirr wuschen, Abfall wegtrugen, Flecke im Holz polierten, waren die besten Zeiten, die ich mit den Mädchen erlebt habe. Ich sehe noch Rieke mit diesem blonden Knaben auf dem Teppich in ihrem Zimmer, halbnackt, seine Haut war so gleichmäßig braun und das blonde Fell auf seinen Armen und Beinen hat geleuchtet im Lampenlicht. Keine Ahnung, was ich gestottert habe, bestimmt etwas sehr Dummes, jedenfalls setzt sich Rieke auf, wackelt mit einem Finger vor ihrem Gesicht hin und her und sagt in einem merkwürdigen Singsang: »Jaja, unsere Marie, die tapfere Kämpferin für die Keuschheit.« Damit drehte sie sich wieder zu ihrem Freund, küsste ihn auf die linke Brustwarze und sah mich dabei triumphierend an. Trau dich, ein Wort zu sagen, las ich in ihrem Gesicht wie mit großen Buchstaben geschrieben. Edith hat einmal gesagt, die Fünfzigerjahre waren die große Zeit des 11. Gebots: Du sollst dich nicht erwischen lassen. In Gegenwart ihrer Mutter waren Stefanie und Friederike beinahe immer ausgesucht höflich zu mir, wenn sie sich einmal im Ton vergriffen haben, wurde Edith sehr scharf, das war mir dann peinlich. Wenn es nur nicht so viele Gründe gegeben hätte, ihr dankbar zu sein, vielleicht wären wir Freundinnen geworden, obwohl wir aus so verschiedenen Welten kamen. Manchmal, in der Zeit bevor Friedrich wieder da war, sind wir am Abend im Wohnzimmer gesessen, das war ja der einzige Raum, der gleich nach dem Krieg geheizt wurde, sie hat ihre Papiere geordnet, ich hab die Wäsche geflickt, Socken gestopft oder etwas für Andreas gestrickt. Das kann sich auch keiner mehr vorstellen, wie wir alte Pullover aufgetrennt und die gekrinkelte Wolle über ein Schneidbrett gespannt und angespritzt haben, damit sie wieder glatt wurde.

Wenn sie trocken war, hab ich die Wolle über eine Sessellehne gehängt und aufzuwickeln begonnen, da ist Edith oft aufgestanden, hat die Wolle zwischen beiden Händen gehalten und ich hab sie zu einem Knäuel gewickelt, und dabei haben wir geredet, manchmal auch gesungen, und wenn wir fertig waren, hat Edith Tee aufgegossen und meistens einen Schluck von dem alten Cognac im Keller hineingetan. Manchmal war der Schluck gar nicht so klein. Edith hat mir sogar Tanzen beigebracht, Foxtrott, Walzer, Polka und Jitterbug. Das war dann natürlich vorbei, als ihr Mann aus der Gefangenschaft zurückkam, im Mai 1951, Edith hat behauptet, es war der 23., aber da hat sie sich geirrt, der 25. war es. Ein halbes Jahr lang durfte im Haus nur geflüstert werden, dann kamen die Jahre, wo er viel unterwegs war, aber man wusste nie, ob er einen seiner Wutanfälle bekommen würde, wenn er heimkam. Wenn ich ihm zum Beispiel eine Tasse Tee ins Arbeitszimmer brachte, konnte es sein, dass er sich freundlich bedankte, aber auch, dass er über die lästige Störung zu brüllen begann. Nach seinem Tod hatten wir es richtig fein, Gott verzeih mir, aber so war es. Die Mädchen waren aus dem Haus, wir haben es uns richtig gemütlich gemacht, inzwischen gab es ja auch Zentralheizung und die Hausarbeit war ein Kinderspiel gegen früher. Die Sonntage im Sommer, wenn wir im Garten gefrühstückt haben, einmal bist du aufgestanden, einmal ich, da eine welke Geranienblüte abknipsen, dort eine Rose schneiden. Die Blumenschere ist immer griffbereit auf dem kleinen runden Tisch gelegen. Eberhard hat einmal erklärt, als alte Emanze muss Edith ja eine Schere bei der Hand haben, Edith hat irgendwas gebrummt, und seine Hände sind ganz automatisch an seinen Schritt gefahren. Was haben wir gelacht! Gute Zeiten haben wir gehabt. Der Nachmittag im Jänner oder

Februar, als sie mit allen Enkelkindern eine Schneeburg baute und zwei Schneemänner davorstellte. Plötzlich kam die Sonne heraus, auf allen Bäumen, auf den Mützen der Kinder und in Ediths verrutschtem Haarknoten glitzerten winzige Eiskügelchen. Keine Ahnung, in welchem Jahr das war. Die Kinder waren klein, und Andreas hat noch studiert, ich sehe ihn am Fenster seines Zimmers im zweiten Stock stehen. Heruntergekommen ist er nicht, auch nicht, als Anna hinauflief und ihm sagte, dass es in der Schneeburg Tee und Krapfen gibt. Sie war gekränkt, das weiß ich. Die Kinder sind ihm immer nachgelaufen, obwohl er sie meist weggescheucht hat. Er habe zu lernen, hat er gesagt. Ein einziges Mal hab ich gesehen, wie er Raffael und Thomas an seinen ausgestreckten Armen geschwenkt hat wie im Ringelspiel, und Anna saß auf seiner Schulter und hat gejauchzt. Ich bin schnell vom Fenster weggegangen, ich hätte ja doch alles kaputt gemacht. Ob er mit seinen Buben auch so spielt? Es tut weh, dass er so ernst ist, so gar keine Leichtigkeit hat. Woher auch. Wenn ich bei ihnen zum Essen eingeladen bin, zieht er sich gleich nach dem Kaffee in sein Arbeitszimmer zurück. Wir sind beide so befangen voreinander. Manchmal glaube ich fast, er nimmt es mir übel, dass es ihn gibt. Er hat doch jetzt ein schönes Leben, eine gute Stellung, eine liebe Frau, gesunde Kinder, trotzdem weiß ich nicht, ob er gern lebt. Ich liebe ihn, aber zeigen kann ich es ihm nicht. Zum Geburtstag hab ich ihm einen Pullover gestrickt, weiß mit irischem Muster, ich könnte heulen vor Freude, wenn ich sehe, dass er ihn trägt, manchmal sogar im Sommer über die Schultern geworfen. Vorhin im Auto hat er mich gefragt, ob Edith eine Verfügung getroffen hat, dass ich im Haus wohnen bleiben kann. Daran hatte ich noch gar nicht gedacht. Er hat den Kopf geschüttelt und wieder einmal erklärt, wie weltfremd ich bin, nach all diesen Jahren hätte wenigstens das geregelt werden müssen. Natürlich, hat er gesagt, könne ich bei ihnen wohnen, wenn mich der Kinderlärm nicht störe. Es wäre eher ich die, die stört. Der Gedanke ist furchtbar. Warten wir die Testamentseröffnung ab, sagte er, bevor wir irgendetwas unternehmen. Ich weiß nicht einmal, ob Edith ein Testament gemacht hat, sie hat ein paar Mal davon geredet, aber dann hat sie immer gemeint, es wäre so schwierig, gerecht zu verteilen, und sie hätte ohnehin nicht die Absicht, so bald zu sterben, schließlich ginge es ihr doch jetzt gut, die neue Hüfte wäre besser als die alte, und sie würde gern auf Davids Hochzeit tanzen und Patricias Promotion feiern. Ob die beiden dann an sie denken werden? Meine Füße tun weh, ich hätte doch nicht die Pumps anziehen sollen, wer schaut schon auf die Schuhe einer alten Frau? Trotzdem, gerade vor denen will ich nicht als die arme Verwandte dastehen. Was heißt arme Verwandte, nicht einmal das bin ich, oder doch, zwar nicht angeheiratet, aber beinahe, wie Stefanie zu sagen pflegte. Nein, nein, Edith, du sollst dich nicht meinetwegen genieren müssen. Blödsinn. Es geht nicht um dich, es geht um mich. Ab sofort geht es um mich, und dafür muss ich selbst sorgen, das nimmt mir keiner ab. Edith, wir beide hätten reden müssen. Ich hätte reden müssen, und du hättest mir Rede und Antwort stehen müssen. Jedem, der zu dir kam, hast du recht gegeben, wenn der Nächste genau das Gegenteil sagte, hast du dem auch recht gegeben. Runde Augen hast du gemacht, jeder hätte geschworen, dass du es ehrlich meinst. Hast du überhaupt eine Meinung gehabt? Früher, ja, aber in den letzten Jahren war dir ja nicht mehr wert als nein, gut nicht mehr als böse. Ich habe dir schon lange nicht mehr getraut, Edith, jedenfalls nicht, wenn ich allein in meinem Zimmer war, wenn ich einkaufen ging oder Zwiebeln schnitt. Was hab ich dich alles geheißen, wenn ich allein war. Sobald du dabei warst, hab ich dir geglaubt, alles hätte ich dir geglaubt, und dafür war ich dir böse, Edith, sehr böse. Wie kann man jemanden gleichzeitig bewundern und verachten, und wenn ich dich verachtet habe für deine Wankelmütigkeit, habe ich mich noch viel mehr verachtet, weil ich gewusst habe, wie sehr ich von dir abhängig bin, nicht wegen des Hauses, nicht wegen des Lohns, der war schon lange mehr Hohn als Lohn, das hast du gewusst, das hab ich gewusst, aber darum ging es nicht, es ging um die Achtung. Schrecklicher Gedanke, dass meine Selbstachtung von deiner Achtung abhing, dass du so wichtig warst, sogar den Weg zu meinem eigenen Sohn hast du mir verstellt, Edith, das muss auch einmal gesagt werden. Alles hat sich um dich gedreht, auch und gerade da, wo du großzügig warst mit deinem Geld, deiner Zeit, deiner Zuwendung, deiner Aufmerksamkeit. Ich weiß nicht, ob du dich in den Mittelpunkt gesetzt hast oder ob das die anderen getan haben, es kommt wahrscheinlich auch nicht darauf an, genau in der Mitte bist du gesessen und keiner hat den anderen sehen können, ohne gleichzeitig dich zu sehen, denn über dich hinweg und an dir vorbei konnte keiner schauen, warum sich keiner direkt dem Nachbarn zuwenden konnte, weiß ich nicht, aber es ging anscheinend nicht. Als wären alle eingegipst oder hypnotisiert oder was weiß ich und könnten nur mehr geradeaus starren. So wie jetzt auch. Alle schauen sie dorthin, wo du nicht mehr bist. Vielleicht warst du auch schrecklich allein in deinem Spinnennetz, aber ich denke nicht daran, deswegen Mitleid mit dir zu haben, du hättest die Wahl gehabt, die Fäden zu durchschneiden, du schon, wir nicht. Ach was, vielleicht stimmt auch das nicht. Die Vorstellung, dass ich vielleicht bei Andreas wohnen muss, macht mir Angst. Es wird Zeit, dass du dich um deine eigene Familie kümmerst, hat Andreas zu mir gesagt vor gar nicht langer Zeit. Meine eigene Familie? Seine Familie ja, das hoffe ich inständig, aber meine? Dieser ganze Haufen hier ist meine Familie, gerade weil es nicht meine ist, und das stimmt, obwohl ich es selbst nicht verstehe. Früher hab ich manchmal gedacht, wenn Fritz gelebt hätte, wäre alles anders gekommen. Wäre es das? Fritz hätte die Schule fertig gemacht, hätte studiert, hätte Karriere gemacht, lächerlich zu glauben, dass er mich geheiratet hätte! Als Minderjähriger hätte er die Erlaubnis des Herrn Oberamtsrats gebraucht und die hätte er nie bekommen, sechs Jahre hätten wir warten müssen, und ob ich dann noch ja gesagt hätte? Und wenn doch, wie lange hätte es gedauert, bis ich es bereut hätte? Als junger Mann hätte er keine Freude mit mir gehabt. Jetzt vielleicht. Sechsundsiebzig wäre Fritz heute, unvorstellbar. Hätte er einen Bauch bekommen? Wahrscheinlich, wenn er weiter so gern Buchteln und Powidltatschgerln und Kaiserschmarrn gegessen hätte. Einen Bauch und eine Stirnglatze. Ich müsste ihm die Zehennägel schneiden. Gott, wie gern ich das täte. Heute würde der Altersunterschied nichts mehr ausmachen, ich hab mich ja ganz gut gehalten, muss ich schon selbst sagen. Ich könnte meine kalten Füße an seinem warmen Bauch wärmen. Wie er sich an mich gekuschelt hat damals, wie seine Rippen sich in mein Fleisch gebohrt haben. Rainer hat die Augen seines Großvaters. An die Augen kann ich mich erinnern, alles andere ist blass. Verschwommen. Was schaust du denn so? Er rutscht auf seinem Sessel hin und her, jetzt flüstert er seiner Mutter etwas ins Ohr. Komm doch her, es wäre schön, dich auf dem Schoß zu halten. Fünf Männlein sind in den Wald gegangen, das war das liebste Fingerspiel deines Vaters. Er kann sich bestimmt nicht erinnern, aber beim kleinen Wuzi-

wuzi, der sie alle auffrisst, hat er schallend gelacht wie sonst nie. Moment, das ist aus einem anderen Vers. Wie fängt der an? Hab ja doch ein Nudelsieb im Kopf. Edith hat immer wieder behauptet, ich wäre gar nicht dumm, ich ließe mich nur viel zu schnell kleinmachen, aber wenn sie sich über mich ärgerte, sagte sie auch, dass ich das ja doch nicht verstehe. Früher hat's das nicht gegeben, jedenfalls ist es mir nicht aufgefallen, aber jetzt seh ich so oft zwei alte Menschen Hand in Hand auf der Straße gehen. Ich muss jedes Mal aufpassen, dass ich ihnen nicht nachstarre. Ist doch schön, wenn zwei nach zig Jahren immer noch Händchen halten. Gut, vielleicht halten sie sich nur fest, damit sie nicht stolpern, aber wenn schon. Sie spüren ja doch einer die Hand des anderen.

Der Pfarrer hat mich geärgert, Edith. Der hat dich zu einem Menschen ohne Fleisch und Blut gemacht in seiner Grabrede, eine total langweilige Heilige. Das hast du nicht verdient. Genauso wenig wie du verdient hast, dass deine Töchter in deinen Sachen herumwühlen und spitze Bemerkungen über die Unordnung in deiner Kommode und über deine schäbige Unterwäsche machen. Die ausgeleierten Gummis an den BHs und in den Unterhosen. Hauptsache sauber, geflickt ist keine Schande, löchrig schon. Ich glaube, das war auch ein Spruch von meiner Großmutter. So lang hab ich nicht an sie gedacht, und jetzt fällt sie mir beinahe jeden Tag ein mit ihren Sprüchen, mit ihren faltigen Händen und den dicken Knöcheln, mit ihrem dünnen aufgesteckten Zopf und dem Mariazeller Rosenkranz am Nagel mit dem Schutzengelbild über ihrem Bett. Auf einer wackeligen Brücke ohne Geländer über einem reißenden Fluss legt ein Engel mit riesigen Flügeln zwei Kindern seine Hände auf die Schultern. Oma hat oft gesagt, wenn sie einmal nicht mehr ist, dann soll das

Bild mir gehören und ich soll es meinen Kindern übers Bett hängen, damit sie nicht ungeschützt sind in der Welt. Im April 45 ist sie ganz friedlich eingeschlafen, im Juli erst hab ich den Brief bekommen, da war sie längst begraben und ich hab weiß Gott andere Sorgen gehabt, als mich nach dem Bild zu erkundigen, und bei meinem ersten und einzigen Besuch im Spätsommer hat keiner wissen wollen, wo es geblieben ist. Im Vorhaus sind noch ihre Filzpatschen gestanden, gelb und braun kariert, mit heruntergetretenen Fersen. Ich weiß, dass es ihre waren, weil vorn im Linken ein rundes Loch geschnitten war, wo sie das Überbein hatte. Wenn die Oma mir die Haare gekämmt und die Zöpfe geflochten hat, hat sie meinen Kopf gegen ihren Bauch gedrückt. Ganz weich war der. Mein Mirzerl, hat sie mich genannt. Nicht einmal zu ihrem Grab bin ich gegangen, weil alles so furchtbar war.

Nein, an den Besuch will ich nicht denken, nicht daran, was sie mich alles geheißen haben, nicht an die Rückfahrt im Zug. Die Holzbänke in der dritten Klasse waren ja so was von hart, der Zug hat gerüttelt und mich auf und ab geworfen und in meinem Bauch hat der Andreas gestoßen, dass ich dachte, er kommt durch die Bauchdecke heraus, und mir wäre es alles eins gewesen. Als ich damals heimgekommen bin, Edith, die Straßenbahnen sind noch nicht regelmäßig gefahren und ich musste eine Dreiviertelstunde gehen vom Bahnhof, da hast du mir einen heißen Kakao gekocht, keine Ahnung, wo du den ergattert hattest, ganz dunklen heißen Kakao, der hat geduftet wie nie einer davor oder danach. Wir sind am Küchentisch gesessen, und du hast die Ellbogen aufgestützt und dein Häferl mit beiden Händen gehalten. Das nehme ich mit, auf das legen Stefanie und Friederike bestimmt keinen Wert, der Rand ist angeschlagen, als hätte jemand hineingebissen, und das Gold ist matt, wo es nicht ganz abgeschrubbt ist. Du hast einmal gesagt, der Vergissmeinnichtstrauß erinnert dich an die Schöne Müllerin. Wenn wir allein waren, hast du immer nur daraus getrunken.

Nein, zu Andreas zieh ich nicht. Das tu ich ihm nicht an. Quatsch. Das tu ich mir nicht an. Ich liebe ihn, natürlich liebe ich ihn, er ist mein Sohn.

Manchmal glaube ich seinen Großvater zu hören, wenn er redet, wenn seine Sätze daherkommen in Reih und Glied, wie die Paragraphen, die ihm so wichtig sind wie die Zehn Gebote. Das halt ich ganz schlecht aus, da verkrieche ich mich. Unlängst hat er gesagt, ich soll doch mit dem Doktor sprechen wegen dieser Schlafattacken. Wenn er wüsste.

Unlängst habe ich gehört, dass die Toten in Athen nur drei Jahre im Grab bleiben dürfen, weil so wenig Platz ist. Dann kommen die Überreste in so eine Art Mauerfach. Siehst du, Edith, da hast du's doch wieder einmal gut getroffen, dabei hattest du gemeint, du würdest gern in Griechenland sterben wegen der Sonne. Hier hast du deine Ruhe im Grab, da wirft dich keiner raus.

Alban verlagerte sein Gewicht von einem Bein aufs andere, als seine Schuhsohlen dabei ein quietschendes Geräusch erzeugten, erschrak er und murmelte: »Pardon!«

Bärbel warf Kartoffeln in einen Topf, Wasser spritzte auf, ein paar Tropfen zischten in einer Pfanne voll heißem Öl.

»Ich beeile mich sowieso«, fauchte sie, ohne Alban anzusehen. »Zaubern kann ich nicht.«

Er wollte sie beruhigen, er wolle sie nicht hetzen und es sei auch gar nicht notwendig, die Leute seien im Augenblick ohnehin ganz friedlich, dabei verhedderte er sich so sehr in seiner Erklärung, dass er nicht mehr aus dem Satz herausfand und sich schließlich mit dem Geschirrtuch die Stirn abwischte. Als er das bemerkte, gab er eine solche Karikatur eines begossenen Pudels ab, dass Bärbel lächelte, den Kochlöffel weglegte und ihm mit mehligen Fingern durch den Haarschopf fuhr.

Endlich, dachte Lisa, packte Hankas Hand und zog sie mit sich ins Extrazimmer, wo sie bei der alten Dame beginnend, Lisa linksherum, Hanka rechtsherum, die Gläser nachfüllten.

Bärbel drehte sich abrupt zum Herd, trotzdem nahm sie aus dem Augenwinkel Albans Kopfschütteln wahr. Natürlich missverstand sie es und war gekränkt, während er doch am liebsten den Mehlstaub gesammelt und in seine Brieftasche gesteckt hätte.

Anna, 48

Alex ist tatsächlich nicht gekommen. Das tut er absichtlich, um mich bloßzustellen. Und natürlich sagt Mama kein Wort darüber, kein Mensch hat nach ihm gefragt, sie bilden sich bestimmt noch etwas ein auf ihre Diskretion, aber es ist schlimmer für mich, normal wäre doch zu fragen, was mit ihm los ist. So weisen sie mit Fingern darauf, dass dieser Mann ein Totalversager ist, dass man von ihm nicht einmal die primitivsten Höflichkeiten erwarten kann. Wie sie es alle vermeiden, mich auch nur mit einem Blick zu streifen, als hätte ich eine widerliche ansteckende Krankheit. Muss er mich so beschämen vor der ganzen Familie? Wenigstens dieses eine Mal hätte er Rücksicht nehmen können.

Du musstest ihm ja immer die Stange halten, Oma, hattest eine Entschuldigung für jede seiner Eskapaden, während Mama traurig nickte. Sie hatte mich ja gewarnt, und hatte natürlich recht gehabt, immer hatte sie recht gehabt, klar, sie konnte gar nicht anders als recht haben, und warum musste ich mich ausgerechnet mit so einem einlassen.

Wie sie sich damals vorbeugte, die Hände gefaltet, die Augen verschattet. »Kind!« Dieser Ton, den habe ich immer schon gehasst, und Kind hat sie mich nur genannt, wenn sie meinte, mir etwas besonders Unangenehmes sagen zu müssen. Höchst ungern, wie sie betonte, mit blitzenden Jagdaugen. Aber von mir hat sie absolute Ehrlichkeit verlangt. Ich weiß doch immer, wann du Heimlichkeiten hast, es lohnt sich nicht. Alex sei ja ein hübscher Kerl, durchaus anziehend auf eine etwas – ich müsse schon verzeihen – gewöhnliche Art, aber wenn einmal der erste Überschwang der Hormone verrauscht sei, würde ich erkennen, dass er einfach nicht zu uns passe. Zu uns, wohlgemerkt, nicht etwa zu mir. Was zu mir passte oder nicht passte, hatte nie eine Rolle gespielt bei ihr. Sie sei ja bei Gott nicht klassenbewusst, nichts liege ihr ferner, als jemanden wegen seiner Herkunft gering zu schätzen, und so weiter und so weiter. Natürlich habe so ein muskulöser Männerkörper einen gewissen Reiz für eine junge Frau. Da fuhr sie tatsächlich mit der Zunge über ihre faltigen Lippen, widerlich. Sie hat mich ja geradezu in seine Arme gestoßen mit ihrer Einmischung, wenn sie es nicht getan hätte, wäre wahrscheinlich alles anders gelaufen. Jedenfalls glaube ich nicht, dass ich ihn gleich geheiratet hätte. Muskulöser Männerkörper, da kann ich nur hohl lachen. Hohl, das wäre konkav, also bei ihm ist von konkav keine Rede mehr, konvex und schlabbrig ist er geworden. Schlaff wie seine Arbeitshaltung, aber natürlich ist nie er schuld, immer sind die anderen die Bösen, die sich gegen ihn verbünden. Sicher, manchmal hat er schlicht Pech gehabt. Aber ich habe das Gefühl, dass er sich ganz bequem eingerichtet hat im Bewusstsein, ein Loser zu sein. I'm a loser. Die Nummer hat er gespielt, bis ich sie nicht mehr hören konnte und die Platte in den Abfallkübel geworfen habe. Tagelang hat er sie gesucht und dabei ständig in seiner grauenhaft unmusikalischen und tonlosen Art gesummt. Zelebriert sich als Verlierer, während er immer wieder irgendeiner verrückten Idee nachrennt, total sicher, dass er diesmal den großen Erfolg landen wird. Und er findet jedes Mal einen Trottel, der mit ihm rennt. Wenn er so viel Kreativität in eine vernünftige Arbeit investiert hätte, wäre er ein gemachter Mann.

Wenigstens zu Omas Begräbnis hätte er kommen müssen.

Sie hat ihm die Stange gehalten, egal was er wieder angestellt hatte. Vielleicht lag es auch an ihr, dass ich ihn nicht längst hinausgeworfen habe. Er macht einen wahnsinnig, dann steht er da mit schief gelegtem Kopf und schwört, dass es nie wieder vorkommen wird, und ich werde noch wütender, weil ich beinahe bereit bin, ihm zu glauben, gegen alle Vernunft.

Du hast Glück, höre ich immer wieder einmal. Mit einem Mann wie Alex wird dir nie langweilig. Was für mich jedes Mal den Beiklang hat, wie ein so schillernder Mensch wie er eine so mausgraue Frau wie mich haben kann. Es gibt Zeiten, da gäbe ich wer weiß was für ein bisschen gepflegte Langeweile. Verdammt noch einmal, ich muss ja verlässlich und ordentlich und berechenbar sein, sonst wären wir längst im Schuldturm gelandet. Auch wenn es den angeblich nicht mehr gibt. Natürlich ist Patricia immer auf seiner Seite, sie kann es sich leisten, weil es neben dem großartigen Vater auch die stinklangweilige Mutter gibt, die dafür sorgt, dass die Miete bezahlt wird und Strom und Telefon und der ganze Krempel, dass keine Delogierung droht. Zuverlässig und spießig. Manchmal denk ich, es wäre vielleicht gut für Alex, wenn ihm einmal keiner ein Kissen hinlegt, bevor er auf die Schnauze fällt. Vielleicht habe ich ihn zu sehr zu meinem Kind gemacht, das könnte sein. In mancher Hinsicht ist er mehr mein Kind als Patricia, die ist ja beängstigend stark und unabhängig. Kommt mir wenigstens so vor, aber es kann natürlich sein, dass ich mich auch da irre. Obwohl – schon als sie in die erste Klasse ging, hatte sie diese Selbstverständlichkeit, diese seltsame Sicherheit und Überlegenheit, die mich manchmal wahnsinnig gemacht hat, weil ich mich vor meiner eigenen Tochter so unbedeutend und klein fühlte. Wir hätten ihr vielleicht einen anderen Namen geben sollen, nicht gerade Patricia. Was für ein dummer Gedanke. Wahrscheinlich lag es auch an Großmama, die hat sie ja von Anfang an bestärkt in dem Gefühl, etwas Besonderes zu sein. Einmal hätte sie mich so anschauen sollen, wie sie ihre Urenkelin angeschaut hat.

Lächerlich, ich bin nicht eifersüchtig auf meine eigene Tochter. Ich freue mich doch, dass Großmama so viel Freude hat an diesem Kind. So viel Freude hatte. Wie lange wird es dauern, bis ich an sie anders als in der Gegenwart denken kann?

Ach, Großmama. Womöglich würdest du es sogar witzig finden, dass Alex nicht zu deinem Begräbnis gekommen ist. Das feiern wir nach, würdest du sagen.

Lisa füllte die Salatschüsselchen, während Bärbel die Soße abschmeckte. »Salatbüfett nix gut für Trauergesellschaft«, hatte Alban behauptet. »Gut für Hochzeit, wie Tanz.«

Bärbel hatte ihm sofort recht gegeben. Die alten Herrschaften seien ohnehin müde von den langen Wegen auf dem Friedhof, die seien froh, wenn sie sich ausruhen könnten.

Alban blickte missbilligend auf Hankas Ausschnitt, der sich wesentlich vergrößerte, als sie ein Tablett hochhob und sehr viel von ihrer samtenen Haut freigab. Bärbel wandte sich ab. »Ein Knopf, bitte schön«, sagte Alban und nahm das zweite Tablett. »Anständige polnische Mädchen nicht so – nackig vor Fremde.«

Hanka öffnete einen weiteren Knopf, dann lachte sie und knöpfte ihre Bluse bis zum Hals zu. »Gut, Chef?«

Alban schüttelte den Kopf, straffte sich und ging mit hoch erhobenem Kinn vor Hanka aus der Küche. Die beiden verschwanden im Extrazimmer.

»Du verstehst das so was von falsch«, sagte Lisa. »Er hat nur Augen für dich.«

»Jaja. Darum will er nicht, dass sie anderen ihre Brüste anbietet«, schnaubte Bärbel. »Du hältst mich für blöd, was?«

Lisa schüttelte den Kopf, nickte. »Blöd nicht, blind schon. Du siehst nicht, was vor deinen Augen ist. Hanka ist für ihn eine kleine Schwester und er fühlt sich für ihre Tugend verantwortlich in der großen bösen Stadt.«

»Wofür hält er sich? Für die Sittenpolizei?«

Patricia, 21

Ja, ich bin eine Enkelin von Rieke, nein, bei Onkel Manfreds Begräbnis war ich nicht, geht auch keinen etwas an, warum ich nicht dort war, mir wird heute noch schlecht, wenn sie nur seinen Namen sagen, immer mit diesem frommen Augenaufschlag. Der gute Onkel Manfred, Großpapas älterer Bruder, der Stolz der Familie, Träger dieses und jenes Ordens, und so kinderlieb. Von mir aus sollen sie ruhig denken, ich hätte keinen Familiensinn, hab ich wahrscheinlich nicht, wozu auch, Uroma ist tot, die Familie gibt es nicht mehr, keiner wird in schwarz oder grau umrandeten Umschlägen zur Verabschiedung eingeladen, kein Drama, bloß vorbei, das versickert einfach, nicht wie im Karst, wo sich das Wasser zu unterirdischen Flüssen und Strömen sammelt. Hier fließt nichts, hier strömt nichts, das trocknet ein, weg ist es, nie da gewesen, so einfach ist das. Das zersplittert in viele kleine Familien, Mama-Papa-einskommasiebzehn Kinder, wer ist das Komma, du oder ich, ist ja auch egal, nullkommaacht Hunde, nullkommaneun Katzen, wie wollen wir eine Familie sein, so viel ich weiß, gibt es in diesem ganzen Clan weder einen Hund noch eine Katze. Zu Weihnachten kommen die Großeltern, es gibt Gans mit Knödeln und Rotkraut, die Kastanienfülle nicht zu vergessen. Es muss nur eine oder einer heiraten, promovieren oder sterben, und sie werden alle auftauchen, ordentlich frisiert und dem Anlass entsprechend gekleidet, wie es sich gehört, und alle werden die Bäuche einziehen und feststellen, wie alt die anderen geworden sind. Es soll ja Familien geben, wo eine jede und auch ein jeder alle anderen liebt, Familien, die nichts Schöneres kennen, als miteinander möglichst viel Zeit zu verbringen. *Quality time* heißt das heute. Ich weiß nicht, ob ich daran glauben soll, aber bitte, ich bin ganz offen, wenn mir jemand eine solche Familie zeigen kann, werde ich sie voll Begeisterung begrüßen. Von mir aus sogar Kuchen backen. If I knew you were coming, I'd have baked a cake. Wenn sie einander sowieso lieben, brauchen sie keine Blutsverwandtschaft. Familie ist doch nur notwendig jenseits von Mögen, von Einverständnis, von Sympathie? Familie ist immer trotzdem, nicht weil das so nette Menschen sind. Es ist, wie es ist, nicht weil es so ist. Es lebe das Trotzdem. Um Familie zu sein, braucht es eine oder einen, die alles zusammenhalten wie die Spinne im Netz. Oder wie ein Dirigent das Orchester zusammenhält? Nein, Spinne im Netz trifft es genauer. Das Netz bleibt an seinem Platz, das ist wichtig, denk ich, das Zentrum muss an seinem Platz bleiben, damit alle wissen, wohin sie zurückkehren können, sonst können sie ja gar nicht weggehen. Alte Leute sind besser geeignet, die Mitte zu halten. Vielleicht wurde unsere Uroma deshalb in den letzten Jahren so viel mehr zum Zentrum. Früher war sie eine von den ganz Unruhigen. »Genau wie du«, hat sie zu mir gesagt, »nur dass halt zu meiner Zeit eine Fahrt nach Budapest mehr Augenbrauen hochgehen ließ als heute eine Reise nach Kalkutta. Es war überhaupt viel leichter, die Familie zu schockieren, man musste sich dabei gar nicht anstrengen so wie ihr heute.« Einen Moment lang war ich schwer in Versuchung, ihr zu sagen, dass die Familie überhaupt keine Rolle spielt bei meinen Entscheidungen, dass es mich nicht einmal interessiert, was sie von mir halten, ob ihre Mundwinkel hinauf- oder hinunterwandern, ist mir doch so was von egal. Nur bei ihr war es mir nie egal, nie. Vielleicht hätte ich ihr das sagen sollen. Vielleicht hat sie es sowieso gewusst. War es die Idee der Familie, die für sie so wichtig war? Ihre Bemerkungen über die einzelnen Mitglieder waren mindestens so bissig wie meine. Trotzdem hat sie an die Familie geglaubt, vielleicht als, was weiß ich, als Institution? Als Idee? Keine Ahnung. Ist auch nicht wichtig.

Das Lusthaus im Prater. Sie hat mich eingeladen, mit ihr Kaffee trinken zu gehen, und natürlich wusste ich, dass der Kaffee ein Vorwand war, aber damit bestimmte sie Zeitpunkt und Ort einer Aussprache. Einmal erzählte sie mir voll Empörung, dass David auf eine Einladung zum Kaffee sagte, das wäre eine gefährliche Drohung. Hat er etwa nicht recht, fragte ich, du hast doch immer einen Hintergedanken. Da drohte sie, sie würde mich übers Knie legen, das hätte sie schon lange tun sollen, und schließlich lachten wir beide. Wir gingen durch die lange Hauptallee, sie nahm meinen Arm, bei jeder Unebenheit im Boden spürte ich einen Druck ihrer Hand, offenbar suchte sie doch Halt, obwohl sie immer noch mit weit ausholenden Schritten ging, bis zuletzt, ich kann mir nicht vorstellen, dass sie je getrippelt wäre wie andere in ihrem Alter. Vielleicht gab es niemanden in ihrem Alter, sie war eine Kategorie für sich. Immer wieder wies sie auf die roten und weißen Kerzen der Kastanienbäume, rümpfte die Nase über die knallbunten Hosen der Jogger und Radfahrer – Miederhöschen, sagte sie laut genug, dass es auch über dem Fahrtwind deutlich zu hören sein musste –, begrüßte jede Blume am Wegrand mit ihrem deutschen und ihrem lateinischen Namen. Ich wusste längst, dass es überhaupt keinen Sinn hatte zu fragen, warum sie mit mir reden wollte. Als sie im Lusthaus zwei Cappuccino bestellte, aber mit Milchschaum, Schlagobers gehört nicht auf einen Cappuccino, und zwei Topfengolatschen dazu, Blätterteig, nicht Germteig, konnte ich einen Moment lang verstehen, warum ihre Töchter sich mit ihr schwergetan hatten. Sie kam gar nicht auf die Idee, mich zu fragen, was ich wollte, nahm völlig selbstverständlich an, dass sie das Richtige wählen würde, es war reiner Zufall, dass es ohnehin passte. Sie zündete eine von ihren überlangen dünnen Zigaretten an und beugte sich vor auf diese spezielle Art, die jedes Entkommen unmöglich machte, dann fragte sie, wie es mir im Studium gehe, ein Ablenkungsmanöver, das mich natürlich misstrauisch machte. Ich antwortete einsilbig, sie strahlte mich an mit ihrem hintergründigen Lächeln. »Hübsch siehst du aus, die gelbe Bluse steht dir.« Deshalb habe ich sie heute angezogen, und natürlich finden sie alle völlig unpassend, viel zu gelb, viel zu sonnig, viel zu weit ausgeschnitten. Sollen sie nur, da haben sie wenigstens etwas Gemeinsames in ihrer Empörung. Dittaoma wusste, dass ich nur darauf wartete, endlich zu erfahren, warum sie mich zu sich bestellt hatte, aber so schnell gab sie nicht nach. Wenn ich es recht bedenke, genoss sie es, uns zu manipulieren, und war stolz darauf, dass es niemand merkte, wenigstens glaubte sie, dass es niemand merkte, gleichzeitig aber wollte sie Publikum, das ihr beim Manipulieren applaudierte, und wenn der oder die zu Manipulierende das einzige Publikum war, wurde es schwierig. Ich weiß nicht, wer von uns zuerst nachgab. Räuspern galt bereits als Nachgeben und wurde mit einem äußerst vornehmen Hüsteln quittiert. O ja, wir hatten unsere strengen Regeln, auch wenn ich mehrfach gehört habe, wie meine Großmutter und meine Mutter in seltener Einmütigkeit erklärten, Uroma sei eine alte Anarchistin. Diesmal ging es um ihren Schwiegersohn, meinen sehr verehrten Herrn Großonkel. Dass er sich mit seinen Initialen F. T. nennen lässt, sagt schon alles, was man über ihn wissen müsste. Was ich von ihm hielte, fragte Uroma. Ich zuckte mit den Schultern. Sie wackelte mit dem Zeigefinger vor meiner Nase. Hochmut stünde mir nicht und sei auch nicht angebracht. F. T. wisse doch ganz genau, dass ihn die Familie nicht liebe, und deshalb müsse er ständig auf seine finanziellen Erfolge verweisen, der Arme, er habe ja sonst nichts. Wer ist jetzt herablassend? fragte ich. Sie schlug mich auf die Finger. Unmöglich bist du. Wie zärtlich das klang. Unmöglich bist du, das war der höchste Orden, den sie zu vergeben hatte. Sie und ich, wir waren unmöglich. Möglich war schließlich nicht dasselbe wie wirklich, möglich war potentiell, nicht real existierend. Un-möglich könnte daher im Gegensatz zum normalen Sprachgebrauch tatsächlich bedeuten, real und nicht nur virtuell. Egal, wir beide waren unmöglich. Manchmal fügte sie sogar hinzu: »Das hast du von mir. Begabungen überspringen oft eine Generation. Oder sogar zwei.« Kann sein, dass ich mir etwas vormache. Und doch glaube ich, dass sie sich mit mir mehr verwandt gefühlt hat als mit sonst jemandem aus der Familie. Mit Ausnahme von David. Wie sie den immer angeschaut hat. Er ist ja auch ein durchaus erfreulicher Anblick. Vermutlich wären wir Freunde, falls wir einander irgendwo außerhalb der Familiensümpfe über den Weg gelaufen wären. Sei nett zu F. T. Ich wehrte mich. »Der weiß doch gar nicht, wer ich bin. Auf der Straße würde er mich nicht erkennen, wetten?« – »Na und? Sei trotzdem nett zu ihm.« – »Untersteh dich, von irgendeinem Menschen zu verlangen, er oder sie soll nett zu mir sein«, sagte ich. Sie lachte, dann bat sie ungewohnt ernst: »Versprich mir's. Er ist so entsetzlich einsam.« Was für ein Auftrag. Es war unser letzter Spaziergang, eine Woche später ist sie gestürzt. Ich habe zwar nur genickt, aber sie hat es als Versprechen aufgefasst. Ich verstehe überhaupt nicht, was ihr an ihm lag. Er ist so einsam, hat sie gesagt. Ich glaube fast, sie hat es genossen, mit jemandem Mitleid zu haben. Verrückte Idee. Oder vielleicht doch nicht so verrückt. Untersteh dich, mich zu bedauern, hat sie sich einmal selbst unterbrochen, als sie über ihre schmerzenden Gelenke klagte. Hat Mitleid mit anderen sie davon abgelenkt, ihr Alter als Kränkung zu betrachten? Dittaoma, du nervst. Wie weit geht nett sein? Muss ich tatsächlich mit ihm reden? Ich wüsste nicht, worüber. Ehrlich nicht. Abgesehen von allem anderen glaube ich, dass ich so ziemlich die Letzte bin, auf deren Nettigkeit er Wert legen würde. Großvater sagte mehr als einmal, dass mit letzten Worten und letzten Wünschen sehr viel Schindluder getrieben wird. Es war ja auch nicht ihr letzter Wunsch, nur unser letzter Spaziergang, und das wussten wir beide nicht. Sonst wären wir wohl beide befangen gewesen, ich ganz sicher. Ganz schön bestimmend, meine liebe Urgroßmutter, aber auf ihre eigene Art, durchaus möglich, dass sie es selbst nicht gemerkt hat. Sie wollte nicht, dass man tut, was sie will, sie wollte, dass wir aus eigener Überzeugung wollten, was wir wollen sollten, ihrer Meinung nach. Ich glaube, sie war tatsächlich überzeugt davon, dass sie besser wusste als wir selbst, was wir wirklich wollten, was für uns gut war. Das willst du doch nicht wirklich, hat sie mehr als einmal zu mir gesagt. Bloßer Gehorsam wäre nie genug gewesen für sie. Ziemlich unfair, wenn man mich fragt. Aber mich fragt ja keiner. Wenn sie jetzt da wäre, sie hätte einiges zu sagen über diese Trauergesellschaft, dem Trottel, der mir so in den Ausschnitt glotzt, würde sie mit hinreißendem Lächeln eine Gemeinheit so gut verpackt servieren, dass sich der Angesprochene erst ein paar Stunden später ärgern würde, dafür aber gründlich. Mist. Das ist ja eben der F. T., den sie mir ans Herz legen wollte. Dummerweise fällt mir nicht ein, was ich dem Typen sagen könnte, das heißt, es fällt mir eine ganze Menge ein, aber nichts, das man bei einem Familientreffen sagen und trotzdem punkten könnte. Mama schaut schon wieder zur Tür, inzwischen ist es allen aufgefallen, und dabei legt sie doch so großen Wert darauf, dass alles seine Richtigkeit und niemand etwas zu lästern hat. Echt fies von meinem Vater, dieses eine Mal hätte er ihr die Freude machen können. Schließlich war es Uroma, die ihm geholfen hat, als er bis zu den Ohren in der Scheiße steckte. Ob er ihr je zurückgezahlt hat, was sie ihm damals geborgt hat? Würde mich wundern. Recht würde ihm geschehen, wenn ich ihn vor der ganzen Verwandtschaft danach frage. Vielleicht tu ich's, falls er noch auftaucht. Schade, dass ich die Kamera nicht dabei habe, das wäre die Gelegenheit, um richtig schöne Familienporträts zu machen. Ich könnte natürlich das Handy nehmen. Das Blöde ist nur, dass Mama mehr darunter leiden würde als er. Egal, was er ihr antut, sie verteidigt ihn. Behauptet, das wäre die Liebe. Wenn das die Liebe ist, dann bewahre mich Gott davor. Dieser F. T. hat keinen Funken Schamgefühl. Der sabbert ja direkt, richtig klebrig, ein Königreich für eine Gießkanne mit kaltem Wasser. Ich halte es einfach nicht aus in diesem Panoptikum. Wenn mich einer anredet, hau ich ihm die Handtasche über den Kopf. Es lebe die Handtasche.

Lisa erklärte den Gästen, sie müssten sich leider etwas gedulden, weil alles frisch gemacht würde. Sie füllte die Wassergläser, ließ sich Zeit damit. Es ist leichter, Gäste bei Laune zu halten, wenn sie sehen, dass man um sie bemüht ist. Was sie am schlechtesten aushalten, ist der Eindruck, dass sich niemand um sie kümmert. Kaum haben sie ein Gasthaus betreten, werden sie zu quengelnden Kleinkindern. Man muss ihnen das Gefühl geben, dass sie wichtig sind, dass sich alles nur um sie dreht. Der große Dicke hob die Hand und verlangte die Weinkarte, runzelte die Stirn und entschied sich nach eingehendem Studium für den teuersten Weißwein. Gewonnen, dachte Lisa, ich war sicher, dass er den nimmt. Er war eindeutig nicht der Hauptleidtragende und zeigte sich großzügig auf Rechnung des Erbes, das anderen zufallen würde. Sie lächelte, er fasste das als Einladung auf und glubschte auf ihren Busen. Vielleicht mach ich einmal eine Untersuchung über die richtige Dosierung des Lächelns bei einem Leichenschmaus. Breites Lächeln ist unpassend, Leichenbittermiene ebenso, damit maßt man sich an, dazuzugehören.

»Er will eine Rede halten«, sagte Lisa zu Alban, »du sollst den Wein einschenken.« Sie wandte sich an die Köchin: »Lass dir ruhig Zeit. Du musst dich nicht hetzen.«

Die Köchin nickte. Sie lasse sich sowieso von niemandem hetzen – außer vielleicht von sich selbst. Alban stand da und drehte sein Geschirrtuch zu einem festen Tau, als er es merkte, warf er es zornig in die Ecke, hob es gleich darauf auf, schüttelte es aus und legte es mit ungeheurer Behutsamkeit auf den Stapel gebrauchter Tischtücher im Plastikkorb hinter der Tür.

Es hat nicht funktioniert, dachte Lisa. Sie bemühte sich, nicht wütend auf Alban zu werden, es fiel ihr schwer. Der Trottel zelebriert seinen Status als unglücklich Verliebter. Was zum Teufel wirft er sich vor, dass er es nötig hat, sich ständig selbst ein Bein zu stellen? Das ist vielleicht etwas für Akrobaten, Schlangenmenschen oder was weiß ich. Ich wollte, ich könnte ihn beuteln, bis er Verstand annimmt.

Raffael, 43

Natürlich muss meine Mutter mit ihrem unnachahmlichen Taktgefühl sofort fragen, wie es Lilly geht. Dabei weiß sie genau, dass ich so ungefähr der Letzte bin, den Lilly anrufen würde, noch dazu, wo sie wohl kaum ein Telefon am Bett hat in diesem Buschkrankenhaus. Okay, mir soll's recht sein, nicht jedes Krankenhaus in Afrika ist ein Buschkrankenhaus, ich nehm's zurück. Würde mich auch nicht anrufen, wenn sie ein Telefon am Nachtkästchen hätte, gesetzt den Fall, dass es dort so etwas wie ein Nachtkästchen gibt. Dabei sind wir schon lange nicht mehr böse aufeinander, sie käme nur einfach nicht auf die Idee. Ob sie schon erfahren hat, dass Großmama tot ist? Tot ist. Immer wieder muss ich es mir sagen. Sie. Ist. Tot. Dabei hätte ich erwartet, du würdest uns alle überleben, schon allein, weil du uns nicht eben viel zugetraut hast, weil du überzeugt warst, ohne dich würde dieser ganze Haufen, der sich Familie nennt, implodieren oder explodieren, jedenfalls im Streit untergehen. Wenn es möglich war, »wir« zu sagen, dann in Bezug auf dich, das stimmt wohl.

Lilly wird es leidtun, glaube ich, dass sie sich nicht von dir verabschieden konnte. »Großmama hat auch gesagt«, wie oft habe ich das von ihr gehört. Mit einer solchen Großmutter hätte man überhaupt kein Recht, sich über das Elend seiner Kindheit zu beklagen, das hat Lilly natürlich nicht in so vielen Worten gesagt, das schwang nur mit in jeder Auseinandersetzung wie die *sympathetic strings* einer Laute, das schimmerte durch wie die Grundierung eines Bildes. Warum soll ausgerechnet ich Lilly schreiben? Ich denke, das ist Davids Aufgabe, wenn nicht überhaupt die der Frauen in der Familie, zu denen hat Lilly schließlich mehr gehört als zu mir.

Auf dem Weg vom Friedhof hierher hörte ich Mutter zu Tante Friederike sagen: »Wie sollen wir jetzt überhaupt noch Weihnachten feiern?« Am liebsten hätte ich sie gefragt, ob ihr klar ist, dass wir den 6. Juni haben. Aber plötzlich sah ich wie auf einer Bühne am Ende eines langen Lichtkegels den ausgezogenen Tisch mit dem Adventkranz in der Mitte und uns alle ringsum, Oma natürlich am Kopfende, sah sie einem nach dem anderen zunicken, und jeder musste sich ein Lied wünschen. ›Adeste fideles‹ klang noch sehr dünn, und ich dachte, wo sind hier die Gläubigen, die kommen sollen, ich sehe keine, bei ›Es wird scho glei dumpa‹ trauten wir uns bereits, ein bisschen lauter zu singen, das Lied hat sich natürlich meine Mutter gewünscht wie jedes Jahr, diesmal erzählte sie nicht, dass ich als Baby dabei immer verlässlich eingeschlafen bin, immerhin ein Grund, dankbar zu sein. Weiß der Himmel wie, die musikalische Qualität war es ganz sicher nicht, aber in diesem Moment der Erinnerung, mehr als ein Moment kann es nicht gewesen sein, es sind schließlich nur ein paar Schritte vom Friedhof hierher, und ich weiß, dass sich das windschiefe Regal mit Stiefmütterchen und Geranien neben dem Tor vor meine innere Bühne schob, in diesem Moment wusste ich, dass ich irgendwann Heimweh haben würde nach genau diesen alljährlichen Treffen.

Wie oft habe ich gelästert über die Sentimentalität, mit der wir das Kind in der Krippe besangen, an den hohen Stellen gicksend, uneins über den Text – meine Mutter sang hartnäckig »und blieb doch reine Magd«, während Patricia ebenso hartnäckig auf »wohl zu der halben Nacht« bestand, der Rest verteilte sich mehr oder weniger gerecht auf die beiden Lager, und ich musste jedes Mal daran denken, dass ich als Kind dachte, da wäre ein Ross entsprungen, und gern gefragt hätte, wohin das Ross denn gerannt sei, aber es nicht wagte, weil ich ahnte, da würde ich nur wieder einmal ausgelacht, und dann bekam Papa von irgendjemandem eine Postkarte mit einem Pegasus drauf und ich war überzeugt, das sei das entsprungene Ross, wobei ich mir noch immer nicht vorstellen konnte, wie es mit diesen riesigen Flügeln in einer Wurzel zart Platz gefunden haben sollte.

Unerträglich stickig ist die Luft hier. Aber wenn ich aufstehe und ein Fenster öffne, heißt es unter Garantie sofort, dass es zieht. Bei Großmama war die Wohnung auch immer überheizt, und mit so vielen Menschen im Esszimmer wurden die Wangen und Nasen von Minute zu Minute röter, glänzender, die ersten Schweißtropfen perlten auf den Oberlippen. Wie viele von diesen inbrünstig Singenden, Brummenden, Quäkenden dachten auch nur einen Augenblick daran, dass das rührende Jesulein dazu geboren war, am Kreuz zu sterben. Die Welt zu erlösen. Uns zu erlösen. Zuallererst müssten wir von uns selbst erlöst sein, bevor man die Sache mit der Welt anpacken könnte. Trotzdem. *Exultate, jubilate*. Meine Mutter bekam ihren fernen Blick und sagte, wie schön es wäre, wenn es endlich wieder ein Baby gäbe in der Familie. Bedaure außerordentlich, Mama, deine Kinder haben es beide nicht geschafft, gelungene Ehen zu führen. Abgesehen davon, Mama, werden alle warmen, nach Milch duftenden Säuglinge mit jedem Tag älter und erreichen unweigerlich das Trotzalter, von dem du behauptest, Theresa und ich wären nie aus diesem herausgewachsen.

Werden wir nicht alle geboren, um zu sterben? Das immerhin haben wir gemeinsam, und dieses Ziel schaffen wir auch alle, egal wo wir sonst versagt haben.

Warum habe ich dich nie gefragt, Großmama, wie du's hältst mit der Religion? Ich weiß, du hast an das Kind in der Krippe geglaubt, an die zwei gar armen Leut, die an fremde Türen klopfen mussten, an Ochs und Esel, an die Hirten und die drei Weisen, aber sonst? Über so viele Dinge haben wir geredet. Sollte es ein Wiedersehen geben, dann werde ich dich das fragen, was wir ausgelassen haben. Was dann ja wohl nicht mehr nötig sein wird.

Kannst du dich erinnern, wie wir beide Gesichterschneiden gespielt haben? Ich habe gewonnen, ich habe die ganze Zeit an fettes, flachsiges Fleisch gedacht, vor dem mir gegraust hat, so konntest du mich nicht zum Lachen bringen. Als du uns nachwinktest vom Fenster aus, hast du mir plötzlich eine lange Nase gezeigt und dazu mit dem kleinen Finger heftig gewackelt, da musste ich so lachen, dass ich unmöglich weitergehen konnte, wie festgewurzelt stand ich da, auch als Mama mich wegzuziehen versuchte. Da hast du den Kopf gehoben und sehr huldvoll nach links und rechts genickt, wie eine Königin, aber du hast weiter eine lange Wackelnase gezeigt.

In New Orleans spielen sie auf dem Heimweg von einem Begräbnis fröhliche Musik, habe ich gelesen. Früher war es jedenfalls so. In Schottland schon bei der Totenwache, hat mir eine alte Gemeindeschwester erzählt. Feiern sie, dass es den Menschen gegeben hat, oder feiern sie, dass nicht sie es sind, die mit über der Brust gefalteten Händen im Sarg liegen? Vielleicht gehören ja Feiern und Trauern zusammen. Vielleicht tun wir uns so schwer mit Feiern, weil wir uns das Trauern nicht erlauben. Auf wen nehmen wir Rücksicht, wenn wir Haltung bewahren? Und schlägt am Ende gerade diese Haltung jene Bresche in den Damm, durch die die Verzweiflung einströmt?

Du konntest so schön lachen, Großmama. Weinen habe ich dich nie gesehen. Ich würde gern dein Lachen im Ohr behalten. Musikalisch war es nicht gerade.

Sophie, 93

Ich lach mich tot. Wen immer sie da heute begraben und betrauern, Ditta ist es nicht. Eine ganz andere Frau ist das, fast könnte man jeden Augenblick erwarten, dass die Tür aufgeht und Ditta hereinkommt. Da würden sie schön staunen, alle miteinander. Ob sie sich freuen würden? Nicht alle, Ditta war unbequem, für sich und für andere.

Ich seh mich noch hinter der Lehrerin in die Klasse gehen, in der dritten war das, natürlich starren mich alle an, ich sehe sofort, dass keine andere so klobige Schuhe anhat wie ich, und die Lehrerin setzt mich neben Ditta, die alles nur nicht begeistert ist über die neue Banknachbarin. Kein Wunder, mit mir war ja auch kein Staat zu machen. Auf den wenigen Fotos, die erhalten geblieben sind, schaue ich verstört, ja sogar irre in die Kamera. Dass meine Nägel abgebissen sind, sieht man nicht, aber das ganze Elend des Kindes, das sich ungewollt und ungeliebt fühlt, das umgibt mich wie eine zweite Haut. Ich finde das Kind, das ich war, genauso unsympathisch, wie es für die anderen war in seinem Selbstmitleid und seiner Weinerlichkeit, immer auf der Lauer. Ein schreckliches Kind, ängstlich, ständig beleidigt. Wenn ich etwas mit Psychologie im Sinn hätte, würde ich mir gratulieren dazu, was trotzdem aus mir geworden ist. Hat wohl auch mit Ditta zu tun, die war zwar sauer über diesen Jammerlappen von einem Schatten, aber sie hat mir doch auch geholfen, manchmal mit ihren schneidenden Bemerkungen, über die ich nächtelang geheult habe. Das hat mir offenbar auch gefallen auf eine ungesunde Art, ich erinnere mich, wie ich ins Badezimmer schlich und mir höchst interessiert und durchaus lustvoll in dem dreiteiligen Spiegel beim Weinen zusah. Nicht, dass ich die geschwollene Nase, die verquollenen roten Augen, die herabgezogenen Mundwinkel schön gefunden hätte, aber sie bewiesen, wie sehr ich litt, wie tief meine Gefühle waren. Gott, bin ich froh, dass ich keine Kinder bekommen habe. Eine Tochter wie mich hätte ich nicht ausgehalten, die hätte ich womöglich verprügelt, und dann wäre ich im Gefängnis gelandet wegen Kindesmisshandlung, wobei man eigentlich ziemlich viel Pech haben muss, bevor man gerade wegen dieses Verbrechens in Schwierigkeiten kommt. Eine Tochter wie Ditta hätte ich gern gehabt. So ein freches, lebhaftes Ding, das nicht erwartet, die anderen sollten sich seinetwegen die Köpfe zerbrechen, sondern selbst laut und deutlich sagt, was es will. Ditta mit dem Kopf voller Ideen, ständig auf dem Sprung, ständig verliebt, in einen Schauspieler, einen Sportler, einen Musiker, einen Dichter, in ein Buch, in ein großartiges Projekt, das sie mit ungeheurer Energie verfolgt, allerdings meist nur kurz. Ihre Lieben waren umso glücklicher, je unerreichbarer die Objekte ihrer Begierde waren. Was hat sie für Geschichten erzählt, und ich habe ihr jede einzelne geglaubt. Sie hat ja dann sehr jung geheiratet, und ich glaube, sie hat dem armen Friedrich nie wirklich verziehen, dass er nicht der war, den sie zu Beginn in ihm gesehen hatte. Wenn der Krieg nicht gekommen wäre, hätte sie ihn verlassen, da bin ich fast sicher, hätte ihre zwei kleinen Mädchen gepackt und irgendwo ein eigenes Leben begonnen, aber dem Vermissten musste sie die Treue halten, eine Treue, die immer mehr eindickte, immer bitterer wurde. Die Arbeit, in die sie sich stürzte, stürzen musste, schließlich hatte sie zwei Kinder durchzufüttern, die war ihre Rettung, denke ich, obwohl sie sie auch auslaugte. Ohne Marie wäre sie verkauft und verraten gewesen, so hat auch diese Geschichte ihr Gutes gehabt. Damals haben wir uns beinahe aus den Augen verloren, es war so viel zu tun und so wenig Zeit dafür. Friedrich kam dann doch zurück, einer der letzten Heimkehrer, ein kranker Mann, den hat sie zu ihrem Kind gemacht, auch als er längst wieder gesund war und sich seine wiedergewonnene Kraft mit zahllosen Weibergeschichten beweisen musste. Ich dachte immer, sie hätte seine Eskapaden beinahe amüsiert betrachtet, so wie manche Mütter stolz und etwas verschämt lächelnd über die Liebschaften ihrer Söhne klagen. Vor ein paar Wochen aber fragte ich sie, ob sie an ein Fortleben nach dem Tod glaube. Da lachte sie und sagte: »Ich möchte eigentlich gern daran glauben. Stell dir vor, der Friedrich hat im Jenseits alle seine Verflossenen getroffen und muss sich bis in alle Ewigkeit ihre Vorwürfe anhören. Das wäre doch die gerechte Strafe für ihn. Und dann komme ich und streue Verständnis und Mitleid wie Salz auf seine Wunden. Wäre das nicht hübsch? Ich freu mich direkt darauf!« Wir haben eine ganze Weile herumgealbert, plötzlich wurde sie ernst. »Vielleicht erzähl ich ihm sogar von dem Studenten, der beinahe mein Enkel hätte sein können.« Ich bin fast geplatzt vor Neugier, aber sie lächelte nur und begann unser altes Spiel »Erinnerst du dich?«. Das werde ich mit niemandem mehr spielen können. Ich dachte immer, ich kenne dich besser als jeder andere Mensch, Ditta, jedenfalls gibt es schon lange niemanden mehr, der dich so wie ich als Mädchen kannte und als junge Frau. Zugegeben, da sind deine Töchter und andere, die damals Kinder waren, aber die haben dich erst als Mutter kennengelernt, als Tante, als was weiß ich, in einer Rolle jedenfalls. Und ich? War das bei mir anders? Ich hab gesehen, was du zeigen wolltest, nicht mehr. Ich habe ja immer dir die Gesprächsführung überlassen. Darin warst du gut, unübertrefflich gut. Wir haben über Gott und die Welt geredet, über deine Arbeit, über meine Arbeit, über alle möglichen und unmöglichen Bekannten und Verwandten, über Bücher, über den Zeitgeist, manchmal über mich, nie über dich. Höchstens, dass du einmal ein Zipfelchen gelüpft und über Schmerzen im Rücken oder einen eingewachsenen Zehennagel geklagt hast. Waren die Auslassungen die Basis unserer Freundschaft? Man konnte sich so wunderbar mit dir unterhalten, man kam vom Hundertsten ins Tausendste und stellte überrascht fest, dass der eigene Horizont viel weiter war, als man selbst gedacht hätte. Mit niemandem hab ich so viel gelacht wie mit dir, mit niemandem so spannende Debatten geführt. Aber letztlich bliebst du hinter einem Vorhang aus Worten versteckt. Hast du am Ende darauf gewartet, dass ich den Vorhang zur Seite ziehe?

Wenn ich mir deine Töchter ansehe, finde ich nichts von dir in ihnen, in Theresa schon eher und ganz besonders in David und Patricia. Die beiden würde ich gern einladen, wenn ich nicht fürchten müsste, sie würden aus lauter Höflichkeit zusagen. Nein, so besonders höflich sind sie nicht, schlimmer wäre es, wenn sie nicht mich meinten, sondern nur eine der allerletzten Vertreterinnen meiner Generation. Mich als Ersatz für ihre Urgroßmutter. Als ob ich die je ersetzen könnte. Trotzdem, es wäre schön, einen Abend mit ihnen zu verbringen, beim Heurigen vielleicht. Sind wir nicht alle Ersatz für irgendjemanden, irgendeinen unerfüllten Traum? Patricia hat die gleiche Art wie du, den Kopf zurückzuwerfen, als wollte sie gleich losstürmen, auch ohne zu wissen wohin. Wie schmal ihre Augen werden bei jeder Plattitüde, und davon gibt es ja viele zu hören, auch bei deinem Begräbnis, meine liebe Ditta. Du hättest dich gewunden vor Peinlichkeit, und dann hättest du etwas gesagt, das den anderen entsetzlich peinlich wäre. Würde ihnen recht geschehen.

Nie habe ich gewusst, was du von mir hältst, und jetzt kann ich es nicht mehr erfahren, ob da mehr war als geteilte Vergangenheit. Ich habe dir auch nie gesagt, wie wichtig du für mich warst, vielleicht hatten wir beide diese seltsame Scheu, Gefühle zu zeigen. Du warst das Maß, nach dem ich andere Menschen beurteilte. Komisch, das ist mir erst in der Woche seit deinem Tod klar geworden. Dabei hat mich so vieles an dir irritiert, mich kribbelig und gereizt gemacht, meinen Hang zum Nörgeln herausgefordert. Wie oft hab ich gedacht, wenn du noch ein einziges Mal sagst, »da muss ich schon in aller Bescheidenheit« – als hättest du je gewusst, was Bescheidenheit bedeutet –, oder eine deiner anderen stehenden Redewendungen benützt, dann schrei ich. Ich habe nicht geschrien.

Wie ich mich kenne, werde ich jeden Donnerstag um halb drei in die Firmiangasse latschen, und kurz vor deinem Haus werde ich abdrehen und mir einzureden versuchen, dass ich zum Bäcker gehen wollte. Blöd genug bin ich ja.

Du warst meine Familie, Ditta, und über dich hatte ich einen kleinen Anteil an all den Menschen, die jetzt hier sitzen und nicht wissen, was sie miteinander anfangen sollen. Wenn die wüssten, was du über sie gesagt hast, nicht immer gerade verständnisvoll, aber immer treffend. Mich hat's amüsiert, und du hattest Spaß daran, wenn ich geschmunzelt habe über deine Chili-Zunge, wie du sie nanntest. War auch eine sehr passende Bezeichnung. Wo habe ich nur gelesen, dass Chilis so ungeheuer gesund sind, Blutdruck senken, Gefäßwände von allen Ablagerungen befreien, Stoffwechsel anregen und weiß der Kuckuck was noch? Stimmt, Ditta, deine scharfe Zunge war auch gesund, jedenfalls für diese deine Familie und alle ihre Anhängsel. Lauter Waisenkinder, alte Waisenkinder und junge Waisenkinder. Das Baby von Theresa – natürlich ist sie schwanger, dafür habe ich ein Auge, fast so gut wie deines, Ditta, vielleicht weiß es Theresa noch nicht, aber die ist schwanger, hoffentlich ist der Vater ein netter Mensch, ich weiß, ich bin altmodisch, aber ich denke immer noch, dass eine schwangere Frau jemanden braucht, bei dem sie sich anlehnen kann, wenn ihr der Rücken wehtut, also dieses Baby wird schon als Waisenkind zur Welt kommen. Sogar ich, wo ich doch deine Generation bin, Ditta, bin verwaist. Nichts hab ich dir übel genommen, das musst du selber zugeben, Ditta, nicht, dass du mir regelmäßig jeden ausgespannt hast, der anfing, sich für mich zu interessieren, nicht, dass du an mir herumkritisiert hast, dass du mir jeden einzelnen meiner Schönheitsfehler ins Bewusstsein gerückt hast, bis ich nur mehr aus Fehlern bestand, nicht, wie oft du mich versetzt hast, wenn etwas Interessanteres deinen Weg kreuzte, nicht, wie oft du von oben herab mit mir geredet hast, aber das verzeih ich dir nie. Nie! Nie verzeih ich dir, dass du dich weggestohlen hast, dass du dich verdrückt hast, ohne auch nur zu winken, einfach so, als wäre nie etwas zwischen uns gewesen. Man setzt sich nicht einfach hin, lässt die Zeitung fallen und stirbt. Das tut man nicht, Ditta, das tut man auch nicht, wenn man sich so wie du keinen Deut darum schert, was die anderen denken. Grausam ist das, hörst du? Nein, natürlich hörst du nicht, wann hast du je zugehört. Ach, Ditta. Wozu sitze ich jetzt da, nippe von dem grauslichen, viel zu süßen Wein, wozu werde ich nach Hause gehen, die Tür aufsperren, den Mantel auf den Haken am Klopfbalkon zum Auslüften hängen, die Blumen gießen, zuschauen, wie die Sprudeltablette mit meinen Zähnen Unzucht treibt, den Pyjama anziehen, das Licht löschen? Wozu? Es wird wieder Donnerstag werden, und du wirst nicht am Fenster stehen und warten, o doch, ich hab dich gesehen, du bist am Fenster gestanden und hast gewartet, aber natürlich konntest du das nicht zugeben, musstest so tun, als wäre ich zu früh gekommen und hätte dich bei einer wichtigen Arbeit gestört. Bilde dir nur nicht ein, dass ich von jetzt an am Donnerstag auf den Friedhof gehen werde. Das werde ich gewiss nicht tun. Da geh ich noch eher ins Kino, vielleicht in die Nachmittagsvorstellung im Bellaria und schau mir einen alten Film an. Gibt es das Kino überhaupt noch? Vor ein paar Jahren haben wir auf deinem alten Schwarz-Weiß-Fernseher eine Reportage gesehen über das Bellaria-Kino und seine Stammgäste, echt genial, hast du gesagt, du hast ja hin und wieder die Phrasen deiner Urenkel übernommen, wenn sie dir gefielen, echt genial, ein Gesamtkunstwerk auf diesem verregneten Bildschirm, stell dir vor, ich hätte einen von diesen modernen gestochen scharfen flachen Fernsehern gehabt, das wäre nicht mehr halb so stimmig, und dann beschlossen wir, einmal hinzugehen, aber du meintest, du müsstest dir zuvor einen Hut kaufen, so einen runden mit Krempe und Feder, schräg und keck aufgesetzt, und ich müsste mir Dauerwellen machen lassen, sonst würden wir stören.

Ditta, ich weiß, du hast gewartet hinter deinen weißen Vorhängen. Auch wenn du das nie zugeben würdest. Neugierig wäre ich schon, ob es ein Nachher gibt und ob man sich erinnert an dieses Leben. Ob die alten Griechen recht hatten mit ihrem Lethe? Orpheus hat den Trunk jedenfalls verweigert, wenn ich nicht irre. Die Dichtung als Schutz gegen das Vergessen und Vergessenwerden? Ich denke schon, dass das eine ihrer Aufgaben ist. Und der Lethe – wir sterben einfach nicht mehr rechtzeitig, da bringt uns eben Hermes oder wer immer ein Schlückchen Lethe hier, ein Schlückchen Lethe da, vielleicht schmuggeln sie es in die Antibiotika, in die ganzen Vitamin- und Potenz- und wer weiß was für Pillen, die uns angeblich das Alter versüßen. Wäre doch denkbar. Alzheimer als die Rache der Götter, weil wir uns anmaßen, ewig jung zu bleiben wie sie. Haut lässt sich liften und straffen, wenn man das Geld hat und die Schmerzen nicht scheut, das Hirn lässt sich nicht straffen und nicht aufmöbeln, glatt bügeln hilft sowieso nicht, der Knautscheffekt ist eine Voraussetzung für die Funktion, glaube ich. Einmal hast du mir erzählt, Stefanie hätte in langer mühevoller Arbeit eine gecrashte Bluse ihrer Enkelin faltenfrei gebügelt, hätte sich wohl gewundert, wieso die zarte Naomi eine Bluse groß wie ein Zelt hatte, und sei tödlich gekränkt gewesen, weil Naomi so undankbar war, ja geradezu ausfällig wurde und Stefanie dringend bat, die Hände von Dingen zu lassen, von denen sie nichts verstünde und nie etwas verstanden hätte. Mit allen Einzelheiten hast du geschildert, wie du gemeinsam mit Naomi die Bluse zu einem festen Tau gedreht und neu »gecrasht« hast. Wir haben gelacht, bis wir beide Schluckauf bekamen, später wurde mir klar, dass ziemlich viel Schadenfreude mit im Spiel war, wir im Bunde mit den ganz Jungen gegen die Generation, die uns zu den Alten, Überholten gerechnet hat. *Crash*, das ist doch eigentlich eines von den Wörtern, die ihre Bedeutung schon im Klang verraten, ein gefährliches Wort, und in diesem Fall domestiziert für den Gebrauch junger Mädchen. Wieso ist Naomi heute nicht da? Naomi mit den dunklen Augen und dem großen Mund. Zu unserer Zeit hätte man den Mund noch als Schönheitsfehler gewertet, kann man sich heute gar nicht mehr vorstellen. So klar gezeichnet. *A generous mouth*, hab ich irgendwo gelesen, das passt, nur in deutscher Übersetzung nicht. Großzügiger Mund klingt lange nicht so gut. Ich mag Theresa nicht fragen, wo Naomi bleibt, Mütter fühlen sich beinahe immer angegriffen, wenn man ihre Kinder kritisiert, auch wenn sie nur glauben, man hätte ihre Kinder kritisiert. Ich kann mein Heu Stroh nennen, aber ein anderer nicht. Wer hat das gesagt? Egal, auf jeden Fall passt es.

Elvira hat die Augen geschlossen und schnarcht leise. Ditta würde das nicht stören, die arme Betreuerin windet sich vor Peinlichkeit. Elvira selbst ist nichts mehr peinlich, glaube ich, ein beneidenswerter Zustand. Bescheiden wie ich bin, muss ich nicht von allem haben. Die arthritisch gekrümmten Finger muss ich hinnehmen und den ewigen Schmerz im Kreuz, gegen die juckenden Ausschläge ist kein Kraut gewachsen, aber ich weigere mich zu akzeptieren, dass man nichts gegen die Verkalkung tun kann. Dieser Alzheimer kommt mir nicht ins Haus, vor allem nicht in den Kopf, irgendetwas wird man doch noch selbst entscheiden dürfen. Gut, ich verlege manches, nicht nur Geldbörse und Schlüsselbund und die Rechnung, die ich zahlen wollte – was heißt wollte, musste –, aber auch Namen. Ich weiß das Datum nicht immer, ist ja auch egal, was für einen Unterschied macht es schon für mich, ob der 7. ist oder der 8., die Tage sind verdammt gleichförmig geworden. Aber deswegen bin ich noch lange nicht dement. Der große Nachteil des Alleinlebens ist, dass man immer nur selbst dafür verantwortlich ist, wenn etwas verschwindet. Noch lege ich das Klopapier nicht in den Kühlschrank. Du hast deine fünf Zwetschgen beisammen gehabt bis zum Schluss, Ditta, und ich bin grimmig entschlossen, mir meine auch nicht nehmen zu lassen. Wir beide sind schließlich mit ganz anderen Problemen fertig geworden, nicht wahr? Zimperlich sind wir nie gewesen, und da müsste erst ein anderer kommen, nicht irgendein Herr Alzheimer, um uns kleinzukriegen. Also wenn du mich fragst, Eberhardchen ist da weit mehr in Gefahr als wir. Bei dem haben sie den Abstellknopf vergessen, aber das war schon immer so.

Es amüsierte Lisa, dass die sonnengelbe Bluse es der jungen Besitzerin unmöglich machte, zur Toilette zu gehen, ohne aufzufallen. Man würde meinen, die leuchtet im Dunkel, dachte sie. Sie hätte sich gern mit der jungen Frau unterhalten, egal worüber, einfach so. Stattdessen fragte sie Bärbel, wie ihr die gelbe Bluse gefalle.

»Viel zu eng«, sagte die. »Würd ich sprengen, wenn ich überhaupt die Arme hineinbekäme. Außerdem – die ist gelb wie ein Feuersalamander. Mit der Farbe sagt er allen anderen Viechern, dass er ungenießbar ist, hab ich im Radio gehört.« Die meisten Menschen betrachteten Kleidung aus dem Blickwinkel, ob sie zu ihnen passen würde, Bärbel war eine der ganz wenigen, die das offen zugaben.

Alban lachte. »Frau sagt auch mit Farbe, du kannst mich nicht auffressen. Besonders gegen Mann, der Spücke tropft.«

»Spucke«, korrigierte Lisa.

»Du sollst ihn nicht immer kritisieren. Er kann eh schon sehr gut Deutsch«, sagte Bärbel. Alban strahlte vor Freude und Dankbarkeit. Sie hatte ihm verziehen. Wenn er nur wüsste, was sie ihm verziehen hatte.

Lisa wiegte den Kopf hin und her. Seine Sprachfehler ausbessern, das kann ich. Wo er sich verrennt, das sag ich ihm nicht. Sturköpfe seid ihr, alle beide. Und so blöd, wie nur ziemlich kluge Leute sein können.

Bärbel rührte in ihren Töpfen, dass die Tropfen auf den heißen Platten zischten.

Friederike, 69

Ich wollte ja einen Stuhl für sie am Tisch stehen haben, mir kommt vor, als wäre die Leere, die sie hinterlässt, nicht gar so bedrohlich, wenn es einen richtigen Platz für diese Leere gäbe, dann würde sie nicht so ausufern und alles auffressen. Aber wie könnte ich das erklären, hätte doch keiner verstanden. Höchstens Louise, obwohl ich auch da nicht sicher bin, aber sie kennt jedenfalls das Prinzip durch ihren Garten, es heißt doch immer natura abhorret vacuum. Abhorret, das ist schon eine sehr starke Form der Ablehnung. Leere ist wider die Natur, aber vielleicht ließe sich sogar die Leere bändigen. Nicht, dass ich ein Drama daraus gemacht hätte, ich hätte nur eine Kerze auf das Gedeck gestellt, und ihr Nichtmehrdasein hätte nicht allen die Luft zum Atmen genommen. Es ist höchst verwunderlich, dass sie es anscheinend nicht merken, ich kann mir das nicht erklären, nicht einmal Sophie hat einen ihrer Asthmaanfälle bekommen, sie wirken nur alle leblos, man hat vergessen, die Spinnweben zu entfernen. Genau genommen sehen sie aus wie einbalsamiert, auch die Jungen. Nicht einmal die beiden Kleinen ändern etwas daran. Wir hatten uns alle längst daran gewöhnt, Andreas als alten Junggesellen zu betrachten, es kommt mir immer noch komisch vor, ihn als Vater von zwei Kindern zu sehen, zwei Kindern, die ihm nota bene geradezu lächerlich ähnlich sehen, Rainer heißt der eine, der andere glaube ich Yve, warum einen französischen Namen, aber bitte, jeder wie er will, suum cuique, so heißt es doch bei Cicero, vorläufig brauchen die Kleinen ihre Namen sowieso noch nicht, die werden geschont wie früher das Sonntagsgewand, mein Kleiner, mein Schatz, mein Spatz, mein Mäuschen, nein, das gilt nur für Mädchen, darüber könnte man auch einmal nachdenken, bei Säuglingen mag das noch angehen, aber es bleibt ja doch oft hängen, in meiner Klasse gab es eine Mausi, die schon mit dreizehn mehr als achtzig Kilo wog. In der Schule haben sie kurz ihre richtigen Namen, aber bald darauf oft einen Spitznamen. Und trotzdem haben sich wegen der Namen ganze Familien zerkracht. Eine halbe Flasche Ketchup haben die beiden sich schon um den Mund geschmiert. Mir soll's recht sein. Meine Kinder hätten jedenfalls nie so herumferkeln dürfen mit dem Essen, auch die Enkelkinder nicht. Wie hübsch Patricia geworden ist, anscheinend hatte Mama doch recht, die immer behauptete, aus den hässlichsten Babys würden die schönsten Erwachsenen – und umgekehrt. Sie hätte nicht jedes Mal hinzufügen müssen, dass ich ein schönes Baby war. Schönheit, das war eine Kategorie für sie; eine Zeitlang habe ich versucht, mit ihr darüber zu sprechen, dass es auch noch andere Werte gibt, da hat sie mich beinahe mitleidig angeschaut und eine dieser Gesten vollführt, die keine Salondame an der Burg so beherrschte wie sie: rechte Hand hochgehoben, Unterarm in einem Winkel von etwa 100 Grad hochgestellt, aus dem Gelenk heraus mit abgespreiztem Daumen die Hand nach rechts geworfen, dabei die Schultern ganz leicht angehoben, Kinn hoch und zurück, Zucken in den Mundwinkeln – und dazu ein müdes, resigniertes, halb entschuldigendes und gleichzeitig hochmütig überlegenes: »Ich bin halt einmal eine alte Ästhetin.« Ästhetik als moralische Kategorie. Sinnlos, mit ihr darüber zu diskutieren. Ich muss es wissen, habe es oft genug und vergeblich genug versucht. Die Schönen sind einfach überlegen, punctum, da gibt es nichts zu deuteln und nichts zurechtzurücken, wie man uns weismachen will. Wenn ich David anschaue, kann ich immer weniger glauben, dass er Stefanies Enkel ist, dabei hat er ja gewisse Familienähnlichkeiten, aber quasi veredelt, so lächerlich das klingen mag, diese beiden, unsere Patricia und Stefanies David, die gehören in unsere Familie und gleichzeitig überhaupt nicht, die sind wie von einem anderen Stern. Ja, ich nehme mir die Freiheit heraus, so einen abgeschmackten Vergleich zu verwenden, ich wüsste keinen besseren. Na und? Wozu reg ich mich auf? Ich betrachte meine eigene Enkelin und meinen Großneffen wie zwei Fremde, Kunstwerke. David ist wirklich ein schöner Mensch, nicht hübsch, nicht gut aussehend, er ist tatsächlich schön, und diese leichte linkische Verlegenheit, diese kaum wahrnehmbare Verzögerung, bis er merkt, dass er tatsächlich angesprochen wird, setzt seinen sonstigen Reizen noch ein Quentchen Rührung auf, als Krönung. Bei mir wirkt das nicht, o nein. Gegen diese Art von Verführung bin ich immun, im Gegensatz zu meiner Mutter. Ich wüsste schon gern, ob ihr klar war, wie viel Erotik in ihrem Blick auf den Urenkel lag. Wenn ich sie je gefragt hätte, hätte sie mich für verrückt erklärt oder, schlimmer noch, das Thema gewechselt und sich bald darauf verabschiedet, in ihrer eigenen Wohnung hätte sie ein Gähnen unterdrückt, aber dieses Gähnen hätte sie ganz bewusst eingesetzt, um so tun zu können, als hätte sie es unterdrückt. Sie war eine Meisterin in der Kunst, anderen sehr deutlich zu zeigen, dass sie sich komplett danebenbenommen hatten, und dabei kein unhöfliches Wort zu sagen. Immer hat sie mich kleingemacht, immer. Selbst wenn sie ausnahmsweise etwas Freundliches sagte. Du siehst aber heute hübsch aus. Da schwang so viel Überraschung mit, als wäre es kaum zu glauben, dass eine wie ich tatsächlich an diesem einen Tag, in dieser einen Minute, hübsch sein könnte. Wahrscheinlich wurde deshalb meine Ehe so, wie sie eben wurde. Aber daran bin doch nicht ich schuld! Ich hab mir den Spiegel nicht ausgesucht, den Spiegel in den Augen der anderen. Wer sich selbst nicht liebt, kann nicht lieben und nicht geliebt werden. Warum zum Kuckuck spielt das heute noch eine Rolle? Ich bin eine alte Frau. Punkt. Manchmal frage ich mich, ob ich je jung war, jedenfalls nicht jung, wie es die Jungen heute sind. Mama schon eher, aber es war auch eine andere Zeit, als sie es lernte, jung zu sein. Hübsch war sie immer, nein, schön. Einen Handkuss an deine schöne Mama. Wie oft hab ich das gehört. Als Jugendliche hätte ich schreien mögen, wenn alle meine Freundinnen mich beneidet haben um meine wunderbare Mutter, es hätte keinen Sinn gehabt, ihnen zu erklären, dass sie für mich keineswegs wunderbar war und nicht das, was ich als Mutter gebraucht hätte. Ich sehe mich noch in ihrem Kleiderkasten sitzen, drei oder vier Jahre alt, ich glaube, es ist meine früheste Erinnerung, sie war mit Papa ausgegangen, zu irgendeiner großen Festlichkeit, doch, das gab es noch, obwohl längst Krieg war, vermutlich eine Premiere in der Oper oder im Theater, schön war sie wie eine Prinzessin in ihrem grün schillernden Seidenkleid, ich wollte sie umarmen, da schubste sie mich weg, lachend, du zerdrückst mein Kleid, und sauber sind deine Hände auch nicht, ich bin irgendwann in ihrem Schrank eingeschlafen und am nächsten Tag war sie wütend, weil ich meine nasse Nase in ihre Kleider gesteckt hatte. Von David ließ sie sich umarmen und abküssen, auch wenn sein Gesicht von Rotz verschmiert war.

Ausgerechnet Mathematik will sie studieren, höre ich sie noch zu ihren Freundinnen sagen, eine antwortete allen Ernstes, Mathematik sei schlecht für den Teint, und alle lachten dieses widerlich glockenhelle Lachen ihrer Generation und ihrer Kaste. Bei meinem Teint, sagte ich am Abend zu ihr, würde es wenig Unterschied machen und sie tätschelte meine Hand. Widersprochen hat sie mir nicht.

Wie Eberhard dasteht, wie er bedächtig das Sakko aufgeknöpft, wie er die drei Kärtchen aus der Innentasche gezogen hat – die hat bestimmt seine Sekretärin für ihn getippt, dieser Ausbund an Perfektion, die immer besser weiß als er selbst, was er denkt und was er will. Er folgt ihr auch aufs Wort. Irgendwann haben mich alle gewarnt, er sei dieser Frau verfallen und ich müsse rechtzeitig Gegenmaßnahmen ergreifen, schließlich sei sie um zwanzig Jahre jünger als ich und den ganzen Tag mit ihm zusammen. Komisch, ich dachte nie, dass er mit der etwas anfängt, mit anderen schon, aber gewiss doch, nur nicht mit der, und inzwischen ist ja wohl klar, dass sie für ihn eine Art Muttterersatz darstellt, eine Mutter, die fünfundzwanzig Jahre jünger ist als er und die ihm sagt, was er zu tun hat. Dabei sagt sie Ja, Chef und Nein, Chef, ganz ohne Ironie. Jetzt setzt er die Brille auf, sortiert die Kärtchen, legt sie vor sich auf den Tisch, streift sein Sakko glatt, blickt über den Brillenrand in die Runde, hebt die Hand, klopft mit dem Fingernagel an sein Weinglas, als wollte er es stimmen, sein Hemd schlägt beim Einatmen barocke Wellen, er ergreift ein Messer, schlägt damit an das Glas. Er hält das wohl für staatsmännisches oder jedenfalls dem Anlass angemessenes Gehabe. Vor fünfzig Jahren bekam ich Herzklopfen, wenn jemand den Namen dieses Mannes aussprach, erinnern kann ich mich noch daran. Er räuspert sich, aber diskreter als bei seiner letzten Rede. Die Sekretärin hat ihm wohl gesagt, wie provinziell allzu ausführliches Räuspern wirkt. Natürlich nicht so plump, das ist nicht ihre Art, verpackt in einen Bericht über einen anderen

Redner an einem anderen Ort, aber er hat verstanden, dumm ist er ja nicht, jedenfalls klug genug, den Rat einer klügeren Frau anzunehmen, sofern es nicht die eigene ist. Guter Gott, er fängt tatsächlich an mit »Wir sind hier versammelt, um in der gemeinsamen Trauer Trost zu finden. Unsere geliebte Urgroßmutter, Großmutter, Mutter, Schwiegermutter ...« Blabla. Blabla. Blablabla. Auf den Glühbirnen liegt Staub, besonders auf der wie eine Flamme gedrehten, die stört sowieso, passt nicht zu den anderen, unwillkürlich blickt man auf sie, sie wird zum Mittelpunkt und stört die Symmetrie. Mama hätte beim Hereinkommen schon den Ober gerufen und ihm ins Ohr geflüstert, diese Glühbirne störe, oder habe man sie absichtlich eingeführt, um zu unterstreichen, wie perfekt alles andere im Raum aufeinander abgestimmt sei? Dabei hätte sie an ihren Lippen genagt, um nicht lachen zu müssen. Lammfromm hätte er eine Leiter angeschleppt und wäre hinaufgeklettert. Er hätte sich wahrscheinlich sogar noch entschuldigt und sie hätte huldvoll abgewinkt. Fremde Menschen haben es immer als Auszeichnung empfunden, von ihr um etwas gebeten zu werden. Ich natürlich nicht, Stefanie ebenso wenig, aber wehren konnten wir uns auch nicht gegen sie. Ich bin sicher, sie hätte lieber Söhne gehabt als Töchter, da kann einer sagen, was er will, es ist doch immer noch so, dass ein Sohn eine Frau in eine andere Kategorie katapultiert, endlich kein Mangelwesen mehr. Unsinn, Mutter war kein Mangelwesen, sie nicht. Aber trotzdem hätte sie lieber Söhne gehabt. Natürlich schwafelt er jetzt von ihrer Wärme, ihrem Charme, ihrer Aufopferung für die Familie. Kein Wort davon, dass sie eigentlich kaum etwas getan hat, organisiert hat sie, das wohl, hat dafür gesorgt, dass andere tun, was zu tun ist, vorzugsweise ich, Stefanie war auch nicht so verzweifelt angewiesen auf das Lob, mit dem Mama einen überschüttete, wenn man getan hatte, was sie wollte, und meist ein bisschen mehr, sie hätte sich ja eher die Zunge abgebissen, als zu sagen, was sie erwartete. Wie sollte man sich dagegen wehren? Keine Chance, weil ich doch wusste, dass ich eine Enttäuschung war von Anfang an und dass ich diese Enttäuschung nicht wettmachen konnte. Wie lange habe ich gebraucht, bis ich ihre Inszenierungen durchschaute. Alle Welt hat sie dafür bewundert, dass sie Marie und ihrem Buben ein Heim gegeben hat, keiner hat auch nur einen Gedanken darauf verschwendet, was sie gewonnen hat: eine perfekte Wirtschafterin, die ihr den ganzen Haushalt abgenommen hat und auch noch ewig dankbar war. Ein leuchtendes Vorbild für ihre gesamte Familie – diese Rührung in Eberhards Stimme, gerade so dosiert, dass sie noch männlich wirkt –, für ihre Familie, die alles daransetzen wird, das Licht weiterzutragen ... O ja, Mama, so hättest du es gern, wie hübsch für dich, von allen geliebt und bewundert zu werden dafür, dass du sie ausnützt. Wem würde das nicht passen? Eins sage ich dir, ich stehe ab sofort nicht mehr als ausführendes Organ zur Verfügung, ich nicht, es hat sich ausgetöchtert, ich bin nur mehr Rieke, Friederike, um es genau zu nehmen, als Stammhalter geplant, als Tochter geboren, aber ätsch, Stephan wurde auch eine Stefanie. Ach, Männlein, du glaubst doch nicht wirklich, du könntest als Schwiegersohn ihre Nachfolge antreten, das schaffst du nicht, selbst wenn du dich noch so sehr aufplusterst, diese Schuhe sind nichts für dich. Komisch, dass Größe 39 zu groß ist, wenn man Größe 43 trägt. Weißt du, was sie immer sagte? Und grüße mir Eberhardchen. Natürlich war das gemein, sie hat damit uns beide kastriert, bei mir hatte sie ja von klein auf sehr erfolgreich Vorarbeit geleistet. Den Enkelkindern hat sie verständnisvoll zugenickt und zugelächelt, mir gegenüber hat sie nur mit einem Ausdruck von Ekel im Gesicht von Sex gesprochen. Das x explodierte dabei in ihrem Mund. Es wundert mich heute noch, wie man so viel Verachtung in eine einzige Silbe legen kann. Gleichzeitig war da ein schlüpfriges Interesse, sie musste immer genau wissen, wer mit wem … Aber sie selbst, sie war die Dame ohne Unterleib. Unvorstellbar, dass es nach Papas Tod einen Mann in ihrem Leben gegeben haben könnte. Unvorstellbar, dass zwischen ihr und Papa je etwas anderes gewesen sein könnte als kühle Höflichkeit. Wie komme ich dazu, über derlei Dinge nachzudenken, und noch dazu bei deinem Begräbnis, Mama. Wahrscheinlich bin ich wirklich so missraten, wie du mir zu verstehen gabst, Mama. Irgendwo auf der Welt gehen sie nach einem Begräbnis auf den Friedhof und treiben es auf dem frischen Grab. Keine Ahnung wo, ich weiß auch nicht, ob sie damit sicherstellen wollen, dass die Seele nicht herumirren muss, wenn sie einen neuen Körper zur Wiedergeburt braucht, wahrscheinlich ist es nicht so einfach. Ich bin so verwirrt, Mama, verzeih, alles ist verrückt, ganz wortwörtlich von der Stelle gerückt, wo es hingehört, die Welt ist in Unordnung geraten, du weißt doch, dass ich mit Unordnung nicht leben kann. Bitte, Mama. Ich gönne dir ja, dass du hinter dir hast, wovor du dich so sehr gefürchtet hast, ich hab's gewusst, auch wenn du nie davon gesprochen hast, es war dann ja auch gar nicht schlimm, oder, ganz ruhig lagst du da, nicht einmal deine Lider haben geflattert, du hast einfach aufgehört zu atmen. Vor allem musstest du nie erfahren, was es heißt, auf andere angewiesen zu sein, und es war doch deine größte Angst, die Kontrolle zu verlieren. Alter Kontrollfreak, hat David einmal zu dir gesagt, und du hast gelacht. Er durfte so etwas sagen, er schon. Übrigens hatte er völlig recht. Du bist ein Kontrollfreak. Du warst ein Kontrollfreak. Ich lass dich doch in Ruhe. Ruhe in Frieden. Noch gehst du mir nicht ab, aber ich weiß verdammt gut, dass du mir furchtbar fehlen wirst. Und sei's nur, wie man immer wieder mit der Zunge den Zahn sucht, der gerade aufgehört hat wehzutun. Eberhard schaut herüber, sucht meinen Blick. Ich nicke ihm zu. Hab so gut wie kein Wort von seiner Rede gehört, da fällt es mir leicht, ihm die Anerkennung zu liefern, die er so nötig hat. Ich nicke noch einmal. Er lächelt, öffnet zwei Knöpfe an seiner Jacke, hebt die Hand, aber nein, er fährt sich nicht durch die Haare, das hat sie ihm offenbar auch abgewöhnt, er lässt die Hand sinken, setzt sich. Brav, Eberhard. Gut gemacht, Eberhard. Weißt du, Mama, das nehme ich dir schon übel, auch heute, gerade heute. Du hast mir die Brille aufgesetzt, mit der du Eberhard gesehen hast, und das hat alles zerstört. Nein, nicht alles, aber so ist die Bresche entstanden, durch die die Geringschätzung eindringen konnte, die ätzende Missachtung. Natürlich war ich dumm, eine verliebte kleine Gans, als ich nicht aus und ein wusste vor Rührung, wenn ich Eberhards Socken und Unterhosen von der Wäscheleine nahm und glatt strich, was heißt strich, ich streichelte sie glatt und trug sie andächtig zu seiner Kommode. Lächerlich, klar, aber es war auch schön, jeder Handgriff im Haushalt eine Liebeserklärung, von der er nichts ahnte. Bis ich ihn mit deinen Augen sehen musste; was du damals gesagt hast, habe ich vergessen, aber von einem Moment zum nächsten war er nicht mehr mein Held, ich wusste es nur nicht gleich, es hat quasi verzögert, aber dafür umso nachhaltiger gewirkt wie manche Medikamente und hat meine Liebe von innen her ausgehöhlt. Schrecklich, wie groß deine Macht war. Vielleicht hast du es selbst nicht gewusst. Eine Liebe ist doch nicht weniger groß, wenn ihr Objekt kleiner ist als der

Schatten, den es wirft. Aber das konnte ich erst erkennen, als es zu spät war, als ich Eberhard nicht mehr ernst nehmen konnte, als ich ihn nur mehr mit nachsichtiger Milde anschauen konnte. Natürlich habe ich weiter seine Socken gewaschen, seine Hemden gebügelt, sein Essen gekocht, es war nur nicht mehr dasselbe wie früher. Ich habe ihm sogar noch ein Kind geschenkt, wie es so schön heißt. Ein Kind geschenkt? Verschenken kann man nur, was einem gehört. Wann hört ein Kind auf, den Eltern zu gehören? Wenn es nicht mehr auf sie hört? Man muss lernen loszulassen, heißt es immer wieder. Wie kann man loslassen, was man nicht halten kann? Ich hätte mir immer gewünscht, von Mama gehalten zu werden. Hat nicht Archimedes schon gesagt, gib mir einen festen Punkt, auf dem ich stehen kann, dann werde ich die Welt aus den Angeln heben? Vielleicht hätte ich Mama fragen sollen, ob sie einen solchen Punkt hat. Wahrscheinlich hätte sie mich nur ausgelacht. Trotzdem hätte ich mehr fragen müssen. Die Fragen, die man nicht gestellt hat, landen auf dem Schuldenkonto, das lässt sich nur löschen, wenn man wie Parsifal weggeht und irgendwann den Weg zurück findet. Moment, nein, falsches Bild, er hat ihr ja das Herz gebrochen mit seinem Weggehen. Vielleicht hätte ich weggehen müssen, um an dein Herz heranzukommen. So viele Fallstricke in jeder Frage, die harmlos daherkommt. Schon als Acht- oder Neunjährige haben die Kinder meine Fragen ätzend gefunden, nein, damals verwendeten sie das Wort noch nicht, das kam erst später auf, aber sie verdrehten die Augen, bis nur mehr das Weiße zu sehen war, und seufzten. Als Jugendliche sagten sie dann »Mutter!«, mit dieser Emphase, die mich verstörte. Wie ich die Mütter beneide, die voll Stolz sagen können: Ich habe dir das Leben geschenkt. Als müssten die Kinder dafür dankbar sein. Sind sie natürlich nicht, warum auch? Die Kinder selbst sind das Geschenk, ihr eigenes Geschenk an das Leben, das hat doch der Khalil Gibran geschrieben, oder? Wie hieß das Buch, Sophie hat es mir geschenkt zur Geburt von Anna, ich habe es auch gleich gelesen, aber gewirkt hat es nicht. Ich hatte zu viel Angst um die Kinder, zu wenig Vertrauen in Eberhards Fähigkeiten als Vater, zu wenig Vertrauen in meine Fähigkeiten als Mutter, zu viel Arbeit, zu wenig Zeit. Ein ewiges Zittern zwischen Zuviel und Zuwenig. Nicht fest genug gehalten, und genau deshalb nicht imstande, loszulassen. Mama, ich hab's auch nicht besser geschafft als du. Leider. Warum fällt mir wieder Lea ein mit dem gerade drei Tage alten Marco an der Brust, da waren sie und ihr Kind, später, als ich darüber nachdachte, verstand ich, warum die alten Meister so eine Lichthülle um Madonna und Kind malten, aber damals blieb ich auf der Schwelle stehen und verschluckte mich an meinen Tränen, bis mir Thomas heftig auf den Rücken klopfte, und es war nicht Rührung, oder doch, auch Rührung, vor allem aber eine furchtbare Eifersucht. So hätte ich mit Anna verbunden sein wollen und mit Thomas. Nicht, dass ich sie nicht geliebt hätte, das wohl. Aber nicht so, anders. Vielleicht ist Lea näher an sich selbst, an ihrer Natur als weibliches Wesen? Oder nur näher am Muttermythos, der jetzt wieder so stark im Kommen ist und mir ein vages Unbehagen verursacht, so eine Art politisches Magendrücken? Du hast uns gewiss nicht auf diese Art geliebt, Mama. Papa hatte ein Foto von dir in der Brieftasche, du als Rembrandt-Madonna mit einer von uns an der Brust, an der züchtig verhüllten Brust natürlich, in einem Lichtkegel. Ihr konntet euch nicht einigen, wer das Kind auf dem Bild war, Stefanie oder ich. Ich hätte so gern gehabt, dass es ich gewesen wäre. Lange Zeit dachte ich, die Tatsache, dass die Eltern ihre eigenen Töchter nicht mit Sicherheit erkannten, sei ein Beweis dafür, wie wenig sie uns wahrgenommen haben. Bis ich selbst Babyfotos meiner Kinder ordnete und nicht wusste, ist das Anna oder Thomas. Manchmal glaube ich fast, dass die Rührung, die so viele Frauen meiner Generation beim Anblick junger Säuglinge überfällt, eine zivilisierte Form des Neides ist, weil diese Kinder etwas bekommen, das man ihnen selbst vorenthalten hat und das sie ihren eigenen Kindern nicht geben konnten. Jetzt räuspert sich Eberhard auf diese besondere Art, die eine Drohung enthält. Es kann sich nur mehr um Sekunden handeln, bis er fragt: Kennen Sie den? Vor ein paar Jahren wäre mir das noch grauenhaft peinlich gewesen. Es hat durchaus seine Vorteile, wenn einem die Liebe abhandengekommen ist. Es ist nicht mehr meine Sache, wenn er sich lächerlich macht. Thomas hat dieselbe Falte auf der Stirn wie sein Vater, ein breites Trogtal, dessen Ränder bis fast an die Schläfen reichen. Er fühlt sich offenbar unbehaglich, es wird nicht mehr lange dauern, bis er auf die Uhr schaut, den Kopf schüttelt, aufsteht, mit den Schultern zuckt, als müsste er sich mit Gewalt losreißen, und dann entschlossenen Schrittes weggeht, wobei er die Tür lautlos hinter sich schließt. Wie vorhersehbar er doch ist, mein lieber Sohn, und gleichzeitig wie undurchsichtig. Ich weiß, was er tun wird, meistens wenigstens, und ich habe keine Ahnung, was er denkt, und noch weniger Ahnung, was er fühlt. Ich muss mich beeilen, sonst ist er weg. Ob es ihm passt oder nicht, ich hole mir wenigstens den obligaten Nasenstupser auf die linke Wange. Wie hat Patricia so richtig gesagt? Man muss selbst sagen, was man will, es ist totale Egozentrik zu verlangen, dass sich die anderen pausenlos die Köpfe darüber zerbrechen, was man will. »Du glaubst, du wärst bescheiden«, hat sie zu Stefanie gesagt, die sich darüber beklagt hatte, wie selten sie David sehe, »in Wirklichkeit forderst du mehr als alle anderen.« Ich fand das damals herzlos, für David hätte sich Stefanie jederzeit in Stücke reißen lassen. Was tut er mit einer zerstückelten Großmutter? hat Patricia gefragt, als ob das ein sachliches Problem wäre. Man kann über Stefanie sagen, was man will, aber Familiensinn kann ihr niemand absprechen. Patricias Frechheiten hebt sie auf, als wären es Edelsteine, und wenn ich ihr sage, das dürfe sie sich nicht gefallen lassen, lächelt sie versonnen und von oben herab, ich könne natürlich nicht verstehen, wie das gemeint sei, sie aber wisse genau, dass Patricia ihr die geschliffenen Bemerkungen zum Geschenk macht.

Du warst mir oft im Weg, Mama. Egal, in welche Richtung ich ging, irgendwann standest du da und versperrtest den Weg. Hast du mit deinem Dastehen erst die Illusion erzeugt, es könne einen Weg geben? Kann sein, ist auch egal. Nein, ist nicht egal. Irgendwie muss es ja weitergehen, jetzt, wo du tot bist.

Nie hab ich dir erzählt, wie das war, kurz bevor Thomas endlich zur Welt kam, zehn Tage nach dem errechneten Termin, ich wollte ja nicht von dir ausgelacht werden. Ich war so weit, dass ich, sooft das Telefon läutete, dachte, jetzt ruft jemand an, um mir zu sagen, das Kind ist da. Mindestens zweimal bin ich ausgerutscht auf einem von Annas Bauklötzen, wenn ich zum Telefon gerannt bin. Eberhard sagte natürlich nur: Lass es doch läuten. Am Dienstag, doch, das war Dienstag, ich weiß es genau, hebe ich ab und niemand antwortet. Kurz darauf noch einmal, und eine Stunde später wieder. Es war auch kein Geräusch in der Leitung, kein Atem zu hören, kein Rauschen, einfach nichts. Nein, nicht einfach nichts. Das Nichts selbst. Das Nichts, also der Tod. Ich war gestorben, und hatte es nicht gemerkt. Das wurde mir erst in der Nacht klar, als ich aufwachte und mein Herz so hart gegen die Brust klopfte, dass es wehtat. Am Morgen war ich erstaunt, dass ich keinen blauen Fleck an der Stelle hatte. Und was tat ich? Putzte drei Tage lang die Küchenschränke, füllte Erbsen, Reis usw. in große Einsiedegläser, schrubbte, polierte. Anna saß auf der Anrichte und trommelte mit zwei Kochlöffeln, bis ich es nicht mehr aushielt und ihr die Kochlöffel wegnahm, da begann sie zu brüllen und hörte erst auf, als Eberhard heimkam und sie in der Luft herumschwenkte. Setz dich doch, sagte er, und ich hörte, du spinnst. Tags darauf kamst du, Mama, ich bin sicher, dass Eberhard dich gerufen hatte, und du gingst mit Anna einkaufen. Als das Telefon läutete, war da eine Stimme, die ich nicht einordnen konnte, sie klang irgendwie bekannt, aber ich hätte nicht einmal mit Sicherheit sagen können, ob es ein Mann war oder eine Frau, jedenfalls hörte ich noch, »Also bis morgen um halb vier«, dann wurde die Verbindung unterbrochen. Ich wusste nun also Tag und Stunde. Angst hatte ich eigentlich nicht, so eine Art sanfte Traurigkeit, wenn ich Anna ansah. Armes Kind, dachte ich, mein armes mutterloses Kind. Zwischendurch sagte ich mir, da hat sich nur jemand verwählt, du bist ein bisschen verrückt, das passiert schon einmal bei Schwangeren, mach dir nichts draus. Ich hab sogar einen Kuchen gebacken. Ich rief dich an, Mama, und bat dich, mit Anna spazieren zu gehen. Sie sollte nicht dabei sein, wenn es … passierte. Du kamst ein bisschen zu spät, Mama, gegen drei, statt um halb drei, wolltest noch mit mir Kaffee trinken, hattest auch Kuchen mitgebracht, ich musste euch beinahe aus der Wohnung werfen. Du hast gelacht und gesagt, wenn ich nicht kurz vor der Geburt wäre, würdest du glauben, ich erwarte einen Liebhaber. Als ihr endlich draußen wart, ließ ich mich in einen Sessel fallen.

Meine Beine begannen zu zittern, meine Knie schlugen aneinander, meine Zähne klapperten, ich fror und gleichzeitig spürte ich den Schweiß auf der Oberlippe. Damals habe ich erlebt, was es heißt, wenn die Angst sich in die Eingeweide krallt, dass das nämlich keine Floskel ist. Ich wollte aufstehen und konnte nicht, starrte nur auf die Uhr an der Wand. Zwei Minuten nach halb vier klingelte es. Ich erhob mich, das würde ich sonst nie sagen, aber in dem Moment war es wirklich so, dass ich mich erhob, oder vielleicht noch genauer, es erhob mich, und im selben Augenblick fiel die Angst von mir ab und ich ging, nein, schritt völlig ruhig zur Tür. Ich schaute nicht durch den Spion, ich öffnete einfach. Da stand die achtjährige Tochter der Nachbarin und fragte, ob Anna zum Spielen in die Sandkiste kommen dürfe. Es gelang mir gerade noch zu sagen, dass Anna mit ihrer Oma einkaufen war, und die Tür zu schließen, dann schüttelte es mich. Vielleicht kann man auf Vorrat weinen, damals hab ich wahrscheinlich alle Tränen verbraucht, die mir für ein ganzes Leben zugeteilt waren. Als du zurückkamst, Mama, hatte ich mir schon das Gesicht gewaschen, du hast mein Kinn gehoben und genickt und dann hast du Kaffee gekocht. Du hast sogar gefragt, ob ich reden will, da hab ich natürlich den Kopf geschüttelt. Sonst hättest du am Ende gefunden, ich wäre eine hysterische Person. Das hätte mir gerade noch gefehlt.

Hanka hatte die Frage aufgeworfen, wer von den Gästen mit wem verheiratet sein könnte, und damit ständig wechselnde Vermutungen in Gang gesetzt. Selbst Bärbel beteiligte sich, obwohl sie die Gäste gar nicht gesehen hatte. Ihre Trefferquote war nicht niedriger als die der anderen. »Heiratung ist schwere Arbeit«, stellte Hanka fest, »kann man sehen an diese Leute, besonders an Frauen. Aber gelbe Bluse ist arbeitslos.«

Es dauerte eine Weile, bis Lisa und die Köchin verstanden, was Hanka sagen wollte: dass nämlich die junge Frau ihrer Ansicht nach garantiert unverheiratet war. Was man schon an ihrer glatten Stirn sehen könne.

»Du hast eine zu schlechte Meinung von der Ehe«, sagte Bärbel.

Hanka wehrte sich. »Nix Meinung, Obachtung.«

Alban pflanzte sich vor Hanka auf. Es sei schlimm, wenn ein so junger Mensch so zynisch und negativ denke, sie scheine sich auch noch zu gefallen in dieser Rolle, das sei ganz und gar unangebracht, so ruiniere sie ihr Leben, noch bevor es richtig begonnen habe.

Hanka stampfte auf. Sie sei kein kleines Kind, und er solle gefälligst aufhören, sie zu behandeln, als wäre er ihre Großmutter. In der Aufregung geriet ihr Deutsch immer mehr durcheinander, sie begann mit den Armen zu rudern, als könne sie so die Wörter einfangen, die ihr fehlten, was sie noch wütender machte. Schließlich trommelte sie mit ihren klei-

nen Fäusten an Albans Brust. »Ich selber Babuschka von mich. Nix du!«

Alban schüttelte den Kopf, Hanka wirkte, als würde sie gleich platzen, ihr Gesicht war völlig verzerrt.

Bärbel flüsterte Lisa zu, es wäre gut, einen Topf mit Wasser zu füllen, kaltes Wasser sei immer noch das beste Mittel gegen Hysterie.

Plötzlich zuckte Hanka mit den Schultern, legte Alban die Arme um den Hals und senkte verlegen die Augen. Er legte ihr eine Hand auf den Kopf. »Ist gut.«

»Nix gut. Ich nix gut. Du gut. Babuschka gut.« Sie begann zu weinen.

Alban ließ Arme, Kopf und Oberkörper hängen, ein Bild der Hilflosigkeit. Lisa überlegte noch, ob sie etwas tun konnte, da hatte Bärbel schon Hanka in die Arme genommen, wiegte sie hin und her und summte ihr leise ins linke Ohr. Augenblicke später richtete sich Hanka auf, trocknete ihre Tränen mit dem Handrücken, küsste die Köchin auf beide Wangen, lächelte Alban zu und sagte: »Große Dank, Babuschka.«

»Freches Stück«, brummte Bärbel.

»Du nix Babuschka«, korrigierte Hanka. »Er Babuschka.«

Theresa, 41

Oma, das war nicht recht von dir. Gerade dann zu sterben, wenn ich dich brauche. Mit wem soll ich denn jetzt reden? Mama wird sagen, natürlich musst du abtreiben, du weißt doch hoffentlich, wie alt du bist, das Risiko ist viel zu groß. Ich habe ja auch zuerst gedacht, das wäre der Beginn der Menopause, ein bisschen sehr verfrüht, aber das kommt vor, und dann konnte ich es nicht glauben, als ich es am Morgen gerade noch ins Badezimmer schaffte, bevor ich gespieben habe. Total entsetzt war ich, ich weiß ja nicht einmal seinen Familiennamen, wir sind einfach nebeneinander gesessen im Konzert, er hat gesagt, es ist nicht sein Abonnement, er hat die Karte von einem Freund bekommen, und wir haben uns über den Zufall amüsiert, dass ich die Karte von der Freundin einer Bekannten hatte, das Konzert war zum Weinen schön, wir standen noch eine Weile draußen auf dem Platz, da begann es zu nieseln und wir sind hinüber ins Kaffeehaus gelaufen und haben über Gott und die Welt geredet und er hat mich nach Hause gebracht und ich hab ihn auf ein Glas Wein eingeladen. Es war alles so selbstverständlich, so total richtig, bis irgendwo im Haus eine Uhr schlägt und er aufspringt und sagt, dass er seinen Zug versäumt, und sich anzieht. Das Hemd hat er zweimal falsch geknöpft und wir haben gelacht und er ist mit offenen Turnschuhen wie ein Teenager die Stiegen hinuntergesprungen, drei Stufen in einem Satz. Das war's.

Ich weiß nicht, wie er heißt, ich weiß nicht, wo er wohnt,

ich weiß nicht, ob er verheiratet ist, gar nichts weiß ich. Falsch. Ich weiß, wie er riecht, ich weiß, dass er einen Leberfleck in der Halsgrube hat, ich weiß, dass die Haare auf seiner Brust im Lampenlicht rötlich leuchten, aber die auf seinen Armen ganz schwarz sind, ich weiß, dass seine Zunge eine raue Stelle hat, ich weiß, wie er mich tief innen lachen lässt, noch nie habe ich so gelacht. O ja, ich weiß eine Menge von ihm. Gerührt hat er sich nicht, angerufen hat er nicht. Gut, wir haben keine Telefonnummern ausgetauscht, aber er weiß doch, wo ich wohne und wie ich heiße, er müsste das Türschild gelesen haben. Jetzt sind es zwei Monate, und ich versteh nicht und nicht, warum ich ihm nicht böse bin, ich müsste doch sauer sein, er hat immerhin einige Möglichkeiten, mich zu finden, ich habe keine, buchstäblich keine, aber ich bin nicht sauer, ich bin nicht einmal wirklich beunruhigt, obwohl ich mir schreckliche Dinge vorstellen kann, die ihm passiert sein könnten, ich bin – ja, ich *bin* einfach, ich bin lebendig und ich bin froh, dass da etwas in mir wächst, und ich will gar nicht wissen, ob es so ist oder so, normgerecht oder außerhalb der Norm, es soll einfach wachsen. Natürlich weiß ich, dass das verrückt ist, unverantwortlich, unreif, romantisch, weltfremd. Aber das ist mir so was von egal! Ich hätte nur gern mit dir darüber geredet, Oma, nicht, um deinen Rat einzuholen, du weißt, ich hab dich nie um Rat gebeten, und du hast mir nie einen angeboten. Ich wollte dich nur fragen, ob du dich an den Satz erinnerst, den du einmal gesagt hast und der mir nur halb im Kopf geblieben ist. Ja sicher ist es Wahnsinn, aber ohne Wahnsinn gäbe es uns nicht, und die Welt gäbe es auch nicht, es gäbe keine Marienkäfer und keine Schmetterlinge, davon bin ich überzeugt. Es ärgert mich total, dass ich den Wortlaut vergessen habe, auf den kommt es nämlich an. Findest du nicht, dass es unfair ist von dir, mich zu zwingen, ganz allein nachzudenken? Obwohl man Schwangere doch schonen soll. Außerdem wollte ich dich bitten, dass du dabei bist, wenn ich es Naomi sage. Auf dich hört sie eher. Ich glaube, sie ist heute nicht gekommen, weil sie es nicht aushält, wenn alle über dich reden, als verstünden sie etwas von dir. Wetten, sie steht jetzt an deinem Grab und unterhält sich mit dir? Erinnere dich, sie wollte dich immer nur allein besuchen, schon als sie noch sehr klein war, hat sie mich weggeschickt, wenn wir zu dir kamen. Sie ist sowieso furchtbar schwierig und für sie wird es ein Schock sein. Sie hängt doch so an ihrem Vater. Ob sie mir je verzeihen wird, dass ich mit einem Mann geschlafen habe, noch dazu mit einem Fremden? Eine Mutter tut so etwas nicht. Ist es nicht seltsam? Früher hat man sich vor den Eltern gefürchtet, hab ich immer gehört, heute fürchtet man sich vor den Kindern. Nein, nicht *man*. Manche Eltern fürchten sich vor ihren Kindern. Als ob die Kinder unsere Richter wären. Ich glaube, es liegt daran, dass unsere Eltern eine Menge verspielt haben von dem Kredit, den wir ihnen eingeräumt hatten. Jetzt fürchten wir, dass unsere Kinder uns genauso sehen wie wir unsere Eltern. Ganz lieb, aber im Grunde nicht ernst zu nehmen, weil sie keine Ahnung haben, weil sie sich in der Vergangenheit eingerichtet haben und nicht in der Gegenwart angekommen sind. Eigentlich nicht in der eigenen Vergangenheit, wenn man's genau nimmt, sondern in der ihrer Elterngeneration, da sind die Schuldigen leichter festzumachen, und sie selbst müssen sich ihren Widersprüchen nicht stellen. Wenn Vergangenheit immer nur die der anderen ist, wo bleibt dann die Zukunft? Du hast doch immer in der Gegenwart gelebt und irgendwie die Vergangenheit und die Zukunft mit gemeint. Oder will ich das nur so sehen?

Wie oft hast du gesagt, dass Davonlaufen nicht gilt? Und wo bist du jetzt? Jedenfalls nicht hier, wo du hingehörst.

Wenn ein alter Mensch stirbt, reden alle vom geglückten, erfüllten Leben. War es das für dich? Warum habe ich dich das nicht gefragt? Aus Angst, du würdest mich auslachen? Oder weil es mir gar nicht einfiel, eine solche Frage zu stellen? Weil für mich feststand, dass du es geschafft hattest, dass du dein eigenes Leben gelebt hast, nicht irgendein fremdes, übernommenes, geborgt oder aufgezwungen. Was ist das überhaupt, ein geglücktes Leben? Hat geglückt mit glücklich zu tun?

Könntest du bitte aufpassen auf mein Kind, auch wenn es kein Leben nach dem Tod gibt? Was für ein verrückter Gedanke. Aber dir trau ich auch das zu, Großmama, wenn du nur willst.

Dir konnte ich manchmal sogar Dinge erzählen, die mir peinlich waren, und wenn du darüber gelacht hast, war das kein Auslachen, sondern ein Erkennen, dann konnte ich auch das Komische an meinen Tragödien sehen.

Ich bin verrückt, gut, bin ich eben verrückt. Dabei war ich doch immer eine recht vernünftige Person. Manchmal zu vernünftig, zu wenig spontan, zu – sagen wir's ruhig – zu berechnend, zu feige auch. Ökonomisch im Umgang mit mir selbst und mit den anderen. Du hast manchmal gesagt: Trau dich! Trau dich doch! Spring einfach. Jetzt bin ich bereit zu springen und du stehst nicht da, um zu applaudieren, das finde ich nicht nett von dir, überhaupt nicht. Ich weiß nicht einmal, ob ich springen kann, wenn keiner applaudiert. Oder wenn nur die Falschen applaudieren. Warum zum Teufel bin ich dem Scheißkerl nicht böse? Ich müsste ihm doch böse sein. Wenn er jetzt bei der Tür hereinkäme, um den Hals fallen würde ich ihm. Vor der ganzen Mischpoche. Ausgerechnet ich. Vor Roland, auch wenn er mich noch so weidwund anschaut. Früher hat mich das wütend gemacht, jetzt rührt es mich. Beinahe.

Es ist doch seltsam mit den Frauen in unserer Familie. Angefangen mit dir, Dittaoma, oder vielleicht schon viel früher, nur von denen vor dir weiß ich nichts. Alle haben sie gelitten unter den Männern, die ihnen nicht gewachsen waren, haben sie dafür verachtet, dass sie hinter anderen Frauen hergelaufen sind, selbst wenn vielleicht nicht alle von den Typen in fremden Betten gelandet sind, aber dann doch nur, weil sie nicht schnell genug waren. Haben die Männer dafür bestraft, dass sie selbst nicht den Mut hatten, auszubrechen aus ihren Ehekäfigen, haben sich ihre Feigheit als Heiligenschein auf den ordentlich frisierten Kopf gesetzt. Natürlich bin ich ungerecht. Die Frauen in deiner Familie sind alle so erschreckend stark, hat Roland behauptet. Stark? Ich weiß nicht. Du schon, du warst stark, du hast auch nicht Mater dolorosa gespielt, du warst nicht zu Tränen gerührt über dein trauriges Schicksal. Aber die anderen, haben sie nicht eher das Mark aus den Knochen ihrer Männer gezuzelt und sich dann mokiert über die Jammerlappen? Ich auch, ja, ich auch. Mea culpa. Ich weiß nicht einmal, ob ich es heute besser machen würde, wenn wir noch einmal eine Chance hätten, mein armer Roland. Dass wir keine haben, liegt nicht an dem Fremden, es liegt an uns. Einmal, bei unserm letzten hässlichen Streit, hat er geschrien, ich sei so gottverdammt emanzipiert. Nicht emanzipiert genug, Roland. Wer emanzipiert ist, muss niemandem die Luft zum Atmen nehmen. Heute würde ich dir gern schwesterlich die Hand reichen, weißt du, aber ich fürchte, das würde dich nur noch mehr verletzen.

F. T., 75

Was hat die für einen netten kleinen Arsch, und sie weiß es ganz genau, so geht nur eine Frau, die weiß, dass man ihr nachblickt. Muss eine von den Enkelinnen sein, nein, eine Urenkelin. Ein erfreulicher Anblick jedenfalls. In der Hinsicht hat sich die Familie verbessert, ganz eindeutig. Auch als junge Frauen hatten weder Stefanie noch Friederike so eine Figur. Beine wie ein Fohlen, aber mit äußerst wohlgeformten Waden. Sogar die Kniekehlen sind entzückend, Kniekehlen enttäuschen ja oft. So ein Nichtchen möchte man auf dem Schoß halten. Hoppa, hoppa, Reiter. Geht die jetzt hinaus, um den Schnösel zu treffen, der es schafft, jeden von oben herab anzusehen, der größer und älter ist als er, und wie nasal er redet, nicht auszuhalten. Ich glaube ja nicht, dass sich das Jüngele etwas aus Frauen macht, auf keinen Fall weiß er sie zu schätzen, dieser Narziss. Schwer zu glauben, dass ein Enkel von mir so sein kann. Wenn er etwas Schönes sehen will, stellt er sich vor einen bodenlangen Spiegel, würde ich wetten. Gerade die richtige Größe für meine beiden Hände, diese Pobacken. Wie sie sich in den Hüften wiegt bei jedem Schritt, die legt es darauf an, Männer kirre zu machen. Der würde ich gern zeigen, was ein richtiger Mann ist, nicht so ein Grünschnabel, der keine Ahnung hat. Diese Kniekehlen. Und der Flaum in ihrem Nacken. Golden auf der zart braunen Haut. Sieht nicht aus wie Bräune aus dem Sonnenstudio. Und eine Haltung hat die Kleine, wie sie ihren Kopf trägt auf dem langen Hals. Eigentlich zu lang, dieser Hals. Stefanie starrt herüber, Nasenflügel vibrieren, Doppelkinn hochgereckt. Man wird doch noch schauen dürfen. Du machst dich lächerlich, Stefanie. Seit wann ist eine Henne eifersüchtig auf einen Paradiesvogel? Verzeih, aber so wie alles andere braucht auch die Eifersucht eine gewisse Bodenhaftung. Du bist gar nicht eifersüchtig? Du findest mich lächerlich? Willst etwa darauf hinweisen, wie lange es her ist, seit ich zum letzten Mal ... Also wirklich, nichts liegt mir ferner, als dich zu beleidigen, aber wann hast du mich zum letzten Mal angeschaut, ohne die Mundwinkel herunterzuziehen? Ich hätte ja nichts gesagt, wenn du nicht angefangen hättest. Du hast gar nicht angefangen? Wer rümpft die Nase? Wer starrt auf meinen Bauch? Wer tuschelt mit seiner Nachbarin, mit dieser unsäglichen Louise, dieser Person, die jedem Mann auf den Hosenschlitz schaut, so dass einem alles einschrumpft? Kaum siehst du mich, bekommst du doch diesen angewiderten Blick, als würdest du gleich Lauge und Eimer und Bodenfetzen holen und saubermachen. Wisch und weg, wie in der Werbung. Dass die männerfeindlich ist, darüber regt sich kein Mensch auf. Aber kaum betrachten sie etwas als frauenfeindlich, ziehen sie los mit frisch gewetzten Messern. Nein, Stefanie, von dir lass ich mir kein schlechtes Gewissen anzüchten, nur weil ich ein bisschen Spaß daran habe, dass es knackige Ärsche gibt auf der Welt. Ja, genauso müsste man es dir sagen, aber du redest ja nicht, du schaust nur. Gezückte Messerblicke. Messerwerferblicke. Wer so schaut, braucht keine Messer. So schauen und sich dann mokieren. Du schreist schon wieder, lautlos natürlich, ich wäre aggressiv. Immer nur ich. Zuckerguss macht die Aggression schärfer, da kann man sich überhaupt nicht mehr wehren, merkt sie oft erst, wenn die Wunde offen liegt. Stiche mit Zuckerguss eitern nach innen. Das tut gar nicht weh, halt nur still, hat schon meine Mutter gesagt, bevor sie mein aufgeschundenes Knie mit Jodtinktur betupft hat. Hat das vielleicht gebrannt. Nie wieder hab ich ihr geglaubt. Was rege ich mich überhaupt auf? Dieses Verächtlichmachen, das ist es, was alles absterben lässt, und dann rümpfen sie ihre feinen Nasen. Jede Kleinigkeit wird archiviert, wird einem nachgetragen, nichts wird gelöscht. Wer nachträgt, darf nicht darüber klagen, dass er zu schleppen hat. Oder sie, meistens.

Was für ein Glück, dass einem gerade die, die sich einbilden, einen durch und durch zu kennen, nicht ins Hirn blicken können. Du kommst natürlich, hat sie gesagt. Ich wäre sowieso gekommen, aber da war ich drauf und dran, nein zu sagen. Warum sie mich überhaupt geheiratet hat, das werde ich nie ergründen. Ich weiß ja nicht einmal, warum ich sie geheiratet habe. Ich meine, verliebt zu sein, verliebt gewesen zu sein, das ist doch kein Milderungsgrund. Verliebt ist man bald. Ich habe sie bewundert, weiß der Himmel wofür, auf jeden Fall konnte ich nicht glauben, dass dieses großartige Geschöpf sich für mich interessiert. Bewunderung ist doch das stärkste Aphrodisiakum für euch Männer, hat Edith einmal gesagt. Für Frauen genauso, habe ich geantwortet, und wusste gar nicht, wie recht ich hatte. Leider lässt die Wirkung bald nach. Wenn du auch nur einen Funken von Interesse an mir gezeigt hättest, Stefanie, an mir als Mann, an mir als Mensch, dann wäre vieles anders gekommen. Aber du lagst ja da mit einem Gesicht, als würdest du den Speiseplan für die nächste Woche überlegen. Nicht einmal das, Stefanie, der Speiseplan hat mehr erotischen Reiz für dich. Mich führst du vor wie einen dressierten Affen, und ich lasse mich vorführen, weiß der Himmel, warum. Diese ganze Familie geht mir auf den Geist, den haben sie nämlich gepachtet, glauben sie. Was die sich alles einbilden, sogar auf ihre

Defizite sind sie stolz. Wenn sie sagen, dass sie nichts von Geld verstehen, sagen sie das im Brustton der Überzeugung, dass sie damit beweisen, wie vornehm sie sind. Ich bin nur neugierig, wie vornehm sie bei der Verteilung des Erbes sein werden. Ob die Alte überhaupt ein Testament gemacht hat? Geht mich ja nichts an, würde mich nur rein platonisch interessieren, wenn man so sagen kann. Sie war die Einzige, die mich nicht als Trottel behandelt hat, weil ich keine sogenannte humanistische Bildung genossen habe. Wobei ich ja meine Zweifel habe, ob die bei den diversen Damen über den geläufigen Gebrauch von Fremdwörtern hinausgeht. Jetzt, wo Edith tot ist, wird man bei den Familientreffen mit ziemlicher Sicherheit vergeblich auf einen wirklich originellen Satz warten. Irgendwie hab ich sie gemocht. Obwohl sie eine Tyrannin war. Alles wusste sie besser, hin und wieder hatte sie sogar recht damit. Mit ihr allein zu reden war angenehm, da konnte sie zuhören, stellte ab und zu eine Frage, immer ein bisschen kokett so nach dem Motto, sie verstehe ja leider rein gar nichts von dieser Materie und müsse daher dumm fragen, und dabei traf sie genau den Schwachpunkt in einer ansonsten völlig logischen Denkstruktur. Es hat Spaß gemacht, mit ihr ins Kaffeehaus zu gehen, selbst der grantigste Ober wurde zu ihrem persönlichen Butler – oder Kammerdiener? –, beflissen um ihren Mantel, ihren Kaffee, ihr Glas Wasser bemüht, immer hatte ich den Eindruck, das Wasser in ihrem Glas wäre völlig anders als das, das wir gewöhnlichen Menschen serviert bekamen. Ich sehe es vor mir, wie sich der Ober im Sperl zu ihr beugte und flüsterte, die Briochekipferln seien gerade erst gekommen, noch warm, und das wirkte wie eine Staatsaktion, als wäre gerade ein Geheimnis verraten worden, von dem Wohl und Wehe ganzer Völker abhing. Etwas von ihrem Glanz fiel immer auch auf mich ab, und das war ganz unabhängig davon, ob ich die teuren handgenähten Schuhe anhatte oder nicht. Mit einem Paar wirklich edler Schuhe, neu dürfen sie nicht sein, aber sehr gut geputzt und poliert, kann man nämlich die interessantesten Studien machen. Diese Schuhe, leicht ausgebeulte Hose, Blazer, den man eigentlich in die Altkleidersammlung tragen sollte, garantieren zuvorkommendste Bedienung, weit bessere als ein Auftritt im Kamelhaarmantel und Seidenschal oder im nach neuester Mode geschnittenen Anzug, Designerkrawatte hin oder her. Das gilt natürlich nur für die alten Ober, für die jungen müsste man ein neues Wort erfinden, richtige Ober werden die nie und nimmer, es fehlt das gewisse Etwas, das man kaum kopieren und noch schwerer beschreiben kann. Findet man höchstens ab und zu bei Ausländern, der Kellner hier hat es beinahe oder wird es entwickeln. Ich habe es gründlich studiert, schon in sehr jungen Jahren, weil ich nicht in die Kreise hineingeboren war, heute könnte ich mir auf der Kulturlosigkeit, die diese Familie so schockiert hat, ein Profil aufbauen, mit dem sich sehr gut Handel treiben ließe, es ist ja geradezu ein Witz, ich gelte bei vielen als einer der letzten wirklichen Gentlemen vom alten Schlag, wie es immer so schön heißt, nur vor der Familie macht es mir Spaß, weiter den Banausen zu spielen. Manchmal frage ich mich, was meine Eltern zu diesem Clan gesagt hätten. Und er zu ihnen, nein, das will ich gar nicht so genau wissen. Stefanie hätte sich in Grund und Boden geschämt, wenn meine Eltern hier aufgetaucht wären. Edith kann ich mir in unserem Schrebergarten vorstellen, die hätte sich da wohl gefühlt. Jetzt wird es keine Familientreffen mehr geben. Wäre ja auch sinnlos ohne sie. Gibt es eigentlich eine Tonbandaufnahme von ihrer Stimme? Hat wohl wieder einmal niemand daran gedacht. Der Wein ist schrecklich, den hat garantiert Eberhard ausgesucht, hält sich für einen Kenner und hat keine Ahnung. Ich wüsste schon gern, ob sie mich eigentlich gemocht hat oder nur Stefanie eins auswischen wollte, wenn sie mich ab und zu allein zum Tee eingeladen hat. Da kommt die Kleine wieder, von vorn ist sie nur halb so attraktiv wie von hinten, zu flach für meinen Geschmack. O Gott, Eberhard räuspert sich schon zum dritten Mal. Es kann nicht mehr lang dauern, bis er anfängt mit seinen Anekdötchen. Warum stehe ich nicht einfach auf und gehe? Ich will die alle ohnehin nie mehr sehen. Aber ich sitze da wie ein Trottel. Recht geschieht mir, wenn ich den ganzen Schwachsinn anhören muss. Vielleicht hab ich ja Glück und einer fällt um und muss ins Krankenhaus gebracht werden, oder es gibt einen Stromausfall und ich kann unauffällig verschwinden. Sogar ein nettes kleines Erdbeben mit anschließender Panik wäre wunderbar. Das Einzige, was ich tun kann, habe ich getan. Ich habe das Handy wieder eingeschaltet, im Normalfall müsste es also bald klingeln und mir einen zwar nicht starken, aber dafür bürgerlich akzeptablen Abgang ermöglichen, komplett mit der leicht verlegen beinahe grinsenden Entschuldigung, mit der man früher rausgegangen ist, wenn einem ein Furz entschlüpft war. Das muss ich der Gitti sagen, die lacht sich kaputt. Das Handy als Furzersatz. Darüber könnten die Beratertypen ein Wochenendseminar abhalten. Mit praktischen Übungen. Bestimmt gibt es auch Fürze als Klingeltöne. Warum zum Teufel ruft mich niemand an? Ich hätte das vorher arrangieren müssen. Eberhard hat zum dritten Mal an sein Glas geklopft, geräuspert hat er sich auch ausgiebig. Und schon geht's los. Er hat es anscheinend gelernt, seinen Bauch als Resonanzkörper zu nutzen. So sonor hat er früher nie geklungen. Ich muss ihn nach seinem Stimmbildner fragen, ich wüsste einige Leute, die ich zu ihm schicken könnte. Genau genommen unser gesamtes Verkaufspersonal. Man braucht doch nur zu schauen, wie die Damen jetzt an seinen Lippen hängen. Pass auf, Eberhard, wenn das so weitergeht, hast du Lippen ärger als ein Punk, denn diese Damen wiegen gewaltig mehr als eine Reihe silberner Ringe. Nur die Kleine mit dem köstlichen Hintern ist unbeeindruckt. Die wirft den Kopf zurück wie ihre Großmutter – nein, Urgroßmutter. Da hat etwas eine Generation übersprungen – oder sogar zwei. Ein Pferdezüchter würde sagen: Rasse. Ja, genau. Kein Zufall, dass ich an Pferde denken muss, sie wirft den Kopf zurück wie ein Araberfohlen auf der Weide.

Jetzt ist bestimmt eine Weile Ruhe da drinnen«, meldete Lisa. »Eine Anekdote zieht doch wenigstens drei andere hinter sich her. So nach dem Motto: Weil wir gerade davon reden …«

Bärbel ließ sich auf einen Hocker fallen, stützte die Ellbogen auf ihre Knie. Alban lehnte neben ihr an der Wand. Hanka drehte die Strähnchen, die aus ihrem hochgesteckten Haar fielen, zu Stoppellocken. Lisa schlüpfte aus den Schuhen und stand barfuß auf den Fliesen.

»Du wirst dich verkühlen«, sagte Bärbel. »Pass nur auf, davon kriegst du Nierenbeckenentzündung.«

Hanka lachte. »Spricht Babuschka.«

Bärbel drohte ihr mit einem Finger.

Veronika, 25

Wie lange müssen wir noch bleiben? Bisher ging's ja noch mit den Buben, aber demnächst werden sie ernsthaft Krach machen, es dauert schon viel zu lange für sie. Und dann bin garantiert ich schuld. Andreas sagt zwar, dass es ihm völlig gleichgültig ist, was die heilige oder unheilige Familie von ihm oder seinen Kindern denkt, vielleicht glaubt er sich selbst, es stimmt trotzdem nicht. An der Familie wird gemessen, was sich schickt und was nicht, wer draußen steht, muss die Regeln strenger einhalten als die, die fraglos dazugehören. Das ist nun einmal so.

Ich habe mich gefürchtet vor der alten Dame, obwohl sie eigentlich immer freundlich war zu mir. Gar nicht von oben herab. Vielleicht wäre es einfacher gewesen, wenn sie ihre Überlegenheit ins Spiel gebracht hätte. Dagegen hätte ich mich wehren können. Einmal war ich allein bei ihr, zu ihrem Geburtstag, Andreas war bei einer Tagung irgendwo in Deutschland, warum kann ich mir die Namen der Städte nicht merken, mit denen ich keine Bilder verbinde? Ich bin mit einem bunten Strauß hingegangen, Tulpen, Freesien und weiße Narzissen, obwohl Andreas gesagt hatte, ich könnte genauso gut einfach Blumen schicken lassen, aber das wäre mir nicht richtig vorgekommen, es wäre ja auch feige gewesen, und ich wollte mir selbst etwas beweisen. Die alte Dame hat mich umarmt, richtig umarmt, nicht diese ekelhafte Luftküsserei an den Wangen vorbei, wie es Stefanie und Friederike immer machen, hat mich in die Küche mitgenommen und die Blumen versorgt, dann hat sie die Espressomaschine auf den Herd gestellt. Marie war nicht da an dem Tag, ich weiß nicht, war sie einkaufen oder was immer, auf jeden Fall war es gut so. Wir saßen zusammen im Erker, sie erkundigte sich nach meiner Arbeit, es schien sie wirklich zu interessieren. Als sie mir den Teller mit dem Mohnstrudel reichte, sagte sie, sie an meiner Stelle würde unbedingt versuchen, Maries Backgeheimnisse zu ergründen, es wäre eine der vielen Unterlassungen in ihrem Leben, dass sie das versäumt hätte, und jetzt sei es eindeutig zu spät. Maries Mohnstrudel sei sozusagen ein Vermächtnis für kommende Generationen. Stell dir einmal vor, jeder Mohnstrudel ein Denkmal, sagte sie, oder wenigstens ein Souvenir. Gerüche lösten ja ziemlich verlässlich Erinnerungen aus, sie fände es schön, wenn man beim Duft von warmem Mohnstrudel an sie denken müsste. Beim Abschied nahm sie meine beiden Hände in ihre. Du wirst es nicht leicht haben mit Andreas, sagte sie, es ist viel Bitterkeit in ihm, daran sind wir alle mit schuld, ich jedenfalls war viel zu sehr mit meinem eigenen Kram beschäftigt und ziemlich blind und taub. Sie lachte. Eigentlich habe sie erst zuhören gelernt, als es mit dem Hören gar nicht mehr so gut ging. Es wird viel Geduld brauchen, sagte sie, die Mauer seines Schweigens zu durchbrechen, er habe auch genügend Stoff gesammelt, um jede Bresche schnell zu reparieren, aber es sei der Mühe wert. Manchmal, wenn er mit den Buben spielt, kommt es mir vor, als würde er jeden Moment die Türen und Fenster aufreißen.

Drei Tage vor ihrem Tod dachte ich noch, morgen oder nächste Woche gehe ich sie besuchen.

Jetzt fangen die Buben an, Fratzen zu schneiden. Sonst schimpft Andreas, wenn sie das tun. Aber heute kommt es mir fast so vor, als ob er grinst. Heißt das, dass er wirklich nicht erwartet, dem Clan vorzuführen, wie gut erzogen seine Kinder sind? Wie könnten sie das auch sein, mit mir als Mutter. Und nebenbei lege ich Wert auf die Feststellung, dass ich gar nicht die Absicht habe, wohlerzogene Knaben zu liefern. So. Das musste einmal klargestellt werden. Und zwar in aller Deutlichkeit. Ich weiß, was aus braven Kindern wird. Und aus den Müttern braver Kinder.

Stefanie schaut immer wieder zu mir herüber mit Blicken, die ich nicht deuten kann. Vielleicht ist das gut so. Eigentlich sieht sie gar nicht so aus, wie Andreas sie geschildert hat, das eine und einzige Mal, dass er von seiner Kindheit geredet hat. Ich weiß noch immer nicht, ob es an mir liegt, an meiner Unfähigkeit, die richtigen Fragen zu stellen, oder ob er sich den Fragen nicht stellen kann. Oder will. Manchmal schüttelt es mich vor Angst, dass sich sein Schweigen über meine Liebe zu ihm legt und sie erstickt. Komisch, es heißt doch oft, dass einer eine gläserne Wand aus Schweigen aufbaut, an der alles abprallt, Andreas' Schweigen ist anders, das ist ein Knebel oder nein, ein Sack aus dickem Plastik, unter dem man erstickt. Vielleicht sollte ich mir zum Geburtstag ein Messer wünschen, so ein scharfes, spitzes, mit dem ich das Plastik zerschneiden kann. Mein Opa hatte ein Messer, ein Schweizer Offiziersmesser, auf das er sehr stolz war, an dem gab es sogar ein Gerät, mit dem man Steinchen aus Pferdehufen lösen konnte, nicht, dass mein Großvater je einem Pferd in die Nähe gekommen wäre. Das Ding hatte auch einen Namen, den hab ich natürlich vergessen. Es tut mir so leid, dass er die Buben nicht erlebt hat. Er wäre ein Großvater gewesen wie aus dem Bilderbuch, mit Bart und Meerschaumpfeife. Was für riesige Hände er hatte, rau wie altes Leder, wenn er mich an der Hand führte, war die Welt in Ordnung.

Lang nach seinem Tod ist seine Joppe immer noch im Vorhaus gehangen. Wie oft hab ich die Nase hineingesteckt im Vorbeigehen. Mit der Zeit ist der Geruch immer schwächer geworden. Als ich zum ersten Mal aus dem Internat nach Hause kam, war die Joppe weg. Ich könnte gar nicht sagen, wonach sie gerochen hat. Ein bisschen nach Heu, nach Tabak, nach Holz ... Nach Trost hat sie gerochen.

Eigentlich wachsen die Buben ohne Großeltern auf. Das ist Marie gegenüber ungerecht, ich glaube, sie liebt die Kinder, sie kann nur nichts anfangen mit ihnen, sie bemüht sich zu sehr.

Bemüht sich zu sehr. Sollte sich mehr bemühen, sagten die Lehrerinnen zu meiner Mama. Sie könnte durchaus mehr leisten, erklärten sie, wenn sie sich nur ein wenig bemühen würde. Zu sehr und zu wenig, kommt das aufs Gleiche heraus?

Ich glaube, Andreas wartet darauf, dass ich aufstehe und sage, wir müssen gehen. Nein, Andreas, wenn du gehen willst, musst du es schon selbst sagen. Nicht meinetwegen, deinetwegen, Andreas. Ich bin nicht deine Ausrede.

Weißt du was, Andreas? Ich werde dir ein Schweizer Offiziersmesser kaufen.

Lisa stellte fest, dass sie große Lust hätte, die einzelnen Mitglieder dieser Tischgesellschaft als Prototypen einer Schicht zu interviewen, die es bald nicht mehr geben würde. Auch die Jungen, die eigentlich nicht mehr richtig dazugehörten, obwohl sie so aussahen, sich auch noch so benahmen, aber wahrscheinlich nur im Rahmen dieses Ereignisses. Unter ihren Freunden, in dem Kreis, dem sie sich zugehörig fühlten, waren sie mit Sicherheit ganz anders als im wogenden Busen der Familie. Wie die Frau in der gelben Bluse darauf achtete, gerade zu sitzen, nicht zu gestikulieren. Gelbe Bluse – warum nicht Hankas Namen für die junge Frau übernehmen – hatte für heute anscheinend ihr Rebellionspotential mit der unpassenden Kleidung aufgebraucht, jetzt fiel sie zurück in die alte Rolle, die immerhin ein wenig Sicherheit bot und es ihr gestattete, hin und wieder den Mund zu verziehen. Sobald sie die Blicke der älteren Frauen spürte, senkte sie die Lider und studierte die Ranken auf dem weißen Damasttischtuch. Der Dicke neben ihr hatte offenbar Mühe, seine Hände für sich zu behalten. Eine von den alten Frauen versuchte vergeblich, ihre Füße in eine Stellung zu bringen, wo die Schuhe nicht drückten. Sie hob abwechselnd die Fersen, verlagerte wieder das Gewicht nur auf die Absätze, und die Schmerzfalten in ihrem Gesicht prägten sich immer stärker aus. Lisa hatte Mitleid mit ihr, sie war es offenbar nicht gewöhnt, Pumps zu tragen. Aber anscheinend war es ihr wichtig, zu diesem Anlass korrekt angezogen zu sein. Die anderen älteren Frauen trugen Gesundheitsschuhe. Was für ein Unsinn, älter zu sagen, wenn man alt meinte. Im Übrigen waren sie an diesem Tag tatsächlich älter geworden, weil sie die Älteste zu Grabe getragen hatten.

Elvira, 86

Wer soll da begraben worden sein? Das ist wieder einer ihrer sogenannten Scherze. Die stecken alle unter einer Decke. Mit mir kann man das machen, mich haben sie immer schon für blöd gehalten, weil ich einfach zu gutgläubig war. Und zu gutmütig. An meinem siebenten Geburtstag, unterbrecht mich nicht schon wieder, was soll das heißen, es hat keiner was gesagt, man kann auch unterbrechen, ohne etwas zu sagen, natürlich war es der siebente, es gibt sogar ein Foto davon, ich in dem schottisch karierten Taftkleid mit der breiten Schärpe, die Schneiderin meiner Mamá hat das genäht, die mit den kleinen Mäusezähnchen, die später den Wie-hat-er-noch-Geheißen geheiratet hat, darüber haben sich die Damen wahnsinnig aufgeregt, weil doch die Dingsda damit gerechnet hat, dass er ihr Schwiegersohn wird und ihre zickige Tochter eine Frau von, na bitte, mein Gedächtnis funktioniert. Ich in meinem karierten Taftkleid, Eis haben wir gegessen. Das haben wir nicht beim Italiener geholt, o nein, schon zeitig in der Früh sitz ich am Fenster, und sobald der große Laster um die Ecke fährt, muss ich Mamá rufen, sie rennt aus der Wohnung und kommt dann bald die Stiege herauf hinter diesem düsteren Mann mit dem Lederschurz über der Schulter, darauf liegt der Eisblock, und der Mann lässt den Block in den Bottich fallen, das gibt ein ganz besonderes Geräusch, klirrend und dumpf zugleich, und dann reicht ihm Mamá den riesigen Fleischklopfer und er hebt ihn hoch über seinen Kopf und lässt ihn niedersausen auf das Eis, und jedes Mal schreie ich auf, weil ich sicher bin, er wird meine Mamá erschlagen, und das Eis splittert durch die ganze Küche. Wenn der Mann endlich gegangen ist, muss ich die Eisstückchen einsammeln und in den Bottich werfen. Ich spür noch dieses Gefühl in der Handfläche, Eisbrennen hab ich es genannt, und Papá hat darüber gelacht. Zwischen die Eisstücke schob Mamá eine silbrig glänzende Dose mit einer Kurbel im Deckel, und diese Kurbel musste gedreht werden, stundenlang. Ich war stolz, wenn ich die Kurbel drehen durfte, obwohl nach kurzer Zeit meine Oberarme wehtaten. Immer wollte ich den Deckel lüpfen, aber das war streng verboten, es hieß, das Eis würde verderben, das Backrohr durfte man auch nicht öffnen, wenn ein Biskuit oder ein Soufflee darin war, weil das dann sitzen blieb, Eis konnte ja wohl schlecht sitzen bleiben, sitzen bleiben war etwas Furchtbares, Mamás Freundinnen bekamen Falten auf der Stirn und traurige Augen, wenn sie von Sitzengebliebenen redeten, egal ob das Schulkinder waren oder erwachsene Frauen. Ich bin auch einmal sitzen geblieben, auf dem Eislaufplatz, da hat mich dieser große Mann aufgehoben, nie wieder habe ich einen so schönen Mann gesehen, er hat mich auf seinen starken Armen zur Mamá getragen, die am Rand zugeschaut hat, und dann zum Taxi, wir sind nämlich Taxi gefahren, das war etwas Besonderes. Mamá ist höchstens viermal in ihrem Leben Taxi gefahren, zu ihrer Hochzeit, zu der ihrer Schwester, zum Begräbnis ihres Vaters, ihre Mutter ist ja während des Krieges gestorben, da gab es keine Taxis, und eben damals mit mir. Mamá hat geglaubt, ich weine vor Schmerzen, aber Mamá hat mich nie verstanden, damals nicht und später noch weniger. Wie bin ich aufs Eis gekommen? Wenn dem Esel zu wohl wird, geht er aufs Eis tanzen. Doppelaxel, den hätte ich so gern probiert, aber ich hab mich nicht getraut. Jetzt würden sie wieder sagen, ich bin verkalkt, nein, heute sagen sie das ja nicht mehr, heute muss alles einen Namen haben, den keiner versteht, irgendwas mit Menthol sagen die einen und mit Alzen die anderen, was immer das heißen soll. Irgendwo war ein Fluss, der hieß Alz, da haben wir geangelt, Forellen, glaube ich. Eine Alz, zwei Alzen, drei Alzen. Die Alzen balzen auf den Walzen und schnalzen. Verkalkt finde ich hübscher, das klingt so weiß und frisch. Als ich ein Kind war, haben sie in den Bauernhäusern eine Spur Waschblau in den Kalk gerührt. Wenn die wüssten, wie praktisch es ist, dass sie denken, du bist verkalkt. Wenn die wüssten, welchen Spaß es mir macht, beim Essen zu kleckern und Riekes angewidert verzogenen Mund zu sehen. Aber Ditta könnte endlich kommen, jeder Scherz hat ein Verfallsdatum, heutzutage hat alles ein Ablaufdatum, sogar Zucker und Salz, auf die Idee wären wir nie gekommen.

Da war etwas mit Eis. Eis hat kein Ablaufdatum, Eis tropft oder schmilzt. Wenn man Schokolade-, Vanille- und Erdbeereiskugeln in einem Becher rührt, bekommt man schöne Schlieren, braun, gelb, und rot, wirklich hübsch, aber wenn man zu lange rührt, wird's ein fader Brei. Eis essen. Warum habe ich an Eis gedacht? Ein Taftkleid hatte ich an, das hat geknistert bei jeder Bewegung. Ditta trug rot. Mein Geburtstag! Ein Fesselballon ist vor unserer Schule gelandet, hat sie behauptet, und wird mit uns zum Tiergarten fliegen. Wir haben uns aus der Wohnung geschlichen, alle acht, die anderen konnten schneller rennen, ich hatte ja die neuen Spangenschuhe an, ich bin gestolpert und hingefallen und habe mein neues Kleid zerrissen. Als ich zur Schule kam, standen sie im Halbkreis und haben geschrien. »Ätsche, pätsche, reingefallen! Bist die Dümmste von uns allen!«

Mamá hat ihnen geglaubt, dass ich sie zum Hinauslaufen überredet hätte, ich musste an meinem Geburtstag ohne Abendessen ins Bett gehen und bekam zur Strafe im nächsten Jahr keinen Kindergeburtstag. Weil du dich nicht benehmen kannst. Nimm dir ein Beispiel an Ditta. Immer Ditta. Angeblich war es in der Schule genauso, Gott sei Dank war sie nicht in meiner Klasse, konnte sie gar nicht sein, sie war ja viel älter, auch wenn sie später immer so getan hat, als wäre sie die Jüngere von uns beiden. Alle Erwachsenen haben Ditta für ein Engelchen gehalten. Bitte, liebe Tante, danke, liebe Tante. Küsschen links und Küsschen rechts, Knicks und Augenaufschlag, Grübchen in den rosaroten Bäckchen. Wir haben es besser gewusst. Die anderen haben auch nur mitgemacht, weil sie wussten, sonst sind sie das nächste Opfer. Ich hab auch mitgemacht, wenn ich ausnahmsweise nicht an der Reihe war. Wie sie später den Männern die Köpfe verdreht hat. Einmal getanzt wie eine Mänade, einmal mit schief gelegtem Kopf und runden Augen zugehört, einmal königlich unnahbar, einmal Kunstliebhaberin, einmal lernbegierige Schülerin, einmal anschmiegsam, einmal verrucht – alle Register hat sie gezogen. Kaum hat einer Interesse an einem anderen Mädchen gezeigt, ist sie losgezogen wie ein Jagdhund. Das hat auch nicht aufgehört, als sie längst verheiratet war und Kinder hatte. Sobald ein Mann in der Nähe ist, muss sie dafür sorgen, dass er nur mehr sie anschaut. Alte, Junge, Kluge, Dumme, Dicke, Dünne, da ist sie wie der, na sag schon, der mit der Champagnerarie, dieser, ist auch egal, wie er heißt, der mit dem Diener, der Buch führt über seine Eroberungen. Ob sie auch Buch führt? Don Giovanni, wer sagt's denn. Und der Diener heißt Leporello. Bitte schön! Da soll noch einer sagen, ich bin nicht mehr richtig im Kopf.

Wir haben sie gerade begraben. Wer hat das behauptet? Ein geschmackloser Scherz, wirklich. Genau genommen sind ihre Scherze fast immer geschmacklos. Das Krampuskränzchen verzeih ich ihr nicht, wo sie mit dem Arthur auf dem Balkon verschwunden ist, man hat nur ihre Zigaretten glühen gesehen, er links, sie rechts, zwei Meter voneinander entfernt am Anfang, später war es viel weniger, aber er hat mich überhaupt nicht mehr angeschaut, am nächsten Tag ist er zurück an die Front gefahren, und ein paar Wochen später war er tot. Er war beinahe so schön wie der Mann auf dem Eislaufplatz.

Nicht einmal in Ruhe essen lassen sie einen, ich will endlich mein Geschnetzeltes haben. Wieso ist mein Teller leer? Blödsinn, ich soll das selbst gegessen haben, wer sagt das? Und wer ist der Kerl, der so wichtigtuerisch aufgestanden ist? Hält er sich für den Vorsitzenden bei Gericht oder in einem Aufsichtsrat? Nachsitzen, Herr Vorsitzender. Nein, das sagt man nicht. Sonst schimpfen sie wieder, das macht mich ganz konfus. Aber es ist doch wirklich lächerlich, wie der aufsteht, sein Sakko glatt streicht, den dritten Knopf schließt, als wäre es eine heilige Handlung. Ein Knopf, ein Knopf, ein Hosenknopf, und vorwärts, rückwärts, seitwärts aus und – wie geht das weiter?

Warum hilft mir denn keiner, ich habe immer allen eingesagt, wenn sie nicht weiterwussten. Jetzt hebt er sein Glas, blickt in die Runde, zählt er uns? Seid ihr alle da? Wer nicht da ist, soll nein sagen. Ich bin nicht da. Nicht ganz bei Trost, hat vorhin eine von diesen Jungen gesagt, aber nicht die gelbe, die gelbe ist die Patricia, von der redet Ditta am meisten, wahrscheinlich weil sie ihr am ähnlichsten ist, und diese da, die nicht die Patricia ist, hat dabei mich angeschaut. Warum sollte ich bei Trost sein oder nicht bei Trost? Trost braucht, wer Trauer hat. Hab keine Trauer. Mir geht's gut, danke, liebe Tante. Küss die Hand, liebe Tante. Selbstverständlich, liebe Tante. Augentrost blüht weiß, Männertrost blüht blau. Nein, Männertreu. Männer treu, was für ein Schwachsinn!

Der junge Mann gegenüber muss einen Bloodhound haben, es heißt doch immer, dass Herrchen und Hund einander ähnlich werden. Stirn voller Falten, Wangen ein bisschen schlaff, werden bald noch mehr hängen, treuer Blick. Blick reimt sich auf dick und Trick und fick. Pfui, fick sagt man nicht. Das Wort gab es noch gar nicht, als wir gelernt haben, dass man es nicht sagt. Es klickt so hübsch an die Zähne, auch wenn es nicht mehr die eigenen sind. Klick reimt sich auch auf Blick. Dichterin hätte ich werden müssen. Leider waren die schönen Gedichte alle schon geschrieben, als ich damit anfing. Alle Herzen mit Schmerzen in Terzen und Scherzen. Das ist doch nicht Thomas, Thomas, Enkel von Edith? Der so zum Anbeißen war mit seiner Marzipanhaut und seinen blonden Locken? Doch, das ist er. Was das Leben aus uns macht. Wie kann man etwas Schönes so verschandeln? Verschandeln kommt von Schande. Sollte sich schämen. Armer alter Kater.

Wer? Das Leben natürlich. Ein armer alter Kater, das Leben.

Jetzt greift der Herr Vorsitzende, nein, er steht ja, also ein Vorsteher, Vorstehhund wäre mir lieber, die sind viel hübscher, greift nach seinem Glas, hebt es. Pointer heißt das. Hab nicht umsonst Englisch gelernt. Lasset uns trinken, sagt er. Genau derselbe Tonfall, in dem unser Pfarrer sagt, Lasset uns beten, und jetzt schaut er strafend zu mir her, hab ich etwa laut gelacht? Lasset uns trinken, fängt er wieder an, noch eine Spur salbungsvoller, »Lasset uns trinken auf das

Andenken unserer lieben Urgroßmutter, Großmutter, Großtante, Mutter, Schwiegermutter, Tante …«

Kusine hat er vergessen. »Kusine!«, sage ich laut.

»Auf das Andenken unserer geliebten Edith«, fährt er fort und führt das Glas an seine Lippen. Schlampige Lippen hat er, irgendwie ausgeleiert.

Alle stehen auf. Ich bleibe sitzen, kann ja nicht aufstehen. Warum sind alle Gesichter so verschwommen? Einer von Dittas dummen Scherzen, diesmal falle ich nicht darauf herein. Ätsche, pätsche, nein! Bereits zum dritten Mal zupfe ich meine Begleiterin am Ärmel, ihren Namen merke ich mir nicht, lohnt sich ohnehin nicht, eine kommt, eine geht, immer eine andere. Sie soll mir meine Jacke um die Schultern legen oder den Shawl. Es ist so verdammt kalt hier. Verdammt sagt man nicht, gleich bekommst du den Mund mit Seife ausgewaschen, wenn du so böse Wörter sagst, aber das ist mir egal, ich sage verdammt, so oft ich will, verdammt oft sag ich verdammt, und die Seife spuck ich aus, wenn Mamá kommt und böse ist auf mich. Soll sie sich ein anderes Kind holen, wenn sie mich nicht will. Sie lügt sowieso, immer lügt sie, einen ganzen Monat lang hab ich den Zucker aufgespart und für den Storch ins Fenster gelegt, und hab ich einen Bruder bekommen? Natürlich nicht. Nicht einmal eine Schwester. Aber die Ditta, die hat einen Bruder gehabt, einen großen, schönen Bruder. Den hat der Krieg gefressen, aber er hat ihn nicht behalten, hat ihn wieder ausgespuckt, und er hat noch eine Menge Jahre leben müssen, das war seine Strafe. Einmal hat er mich geküsst, hinter dem Hollerstrauch beim Schuppen. Sitzen unterm Hollerbusch, machen alle Husch-husch-husch. Husch-husch-husch im Hollerbusch und klingeling, kleines Ding, himmelblauer Schmetterling.

Wie kommt die dumme Ziege auf die Idee, ich könnte heulen? Einen Shawl will ich, kein Taschentuch.

Ich nehm einfach den Löffel und schlage an das Wasserglas. Wie der Herr Vorstehhund. Klingeling, das Christkind war da. Gleich geht die Tür auf. Mamá, schon wieder nehmen sie mir alles weg!

Die Tischgesellschaft bemühte sich tapfer, den Schein zu wahren, zu tun, als sei es völlig normal, dass die Frau im Rollstuhl in einem auf- und absteigenden Singsang vor sich hin jammerte und mit beiden Fäusten in die Luft schlug. Die Betreuerin legte beschwichtigend eine Hand auf die Schulter der Frau, was den Klagegesang noch anschwellen ließ, der Redner stützte sich mit beiden Händen auf den Tisch, offenbar warteten alle, dass jemand etwas täte, die Nachbarin, eine von den Frauen, irgendjemand. Die Buben starrten mit offenem Mund fasziniert auf die Frau im Rollstuhl. Lisa überlegte, was in dieser Situation das Richtige wäre, es fiel ihr absolut nichts ein. Da trat Alban zum Tisch, verneigte sich vor der Tobenden, murmelte etwas, packte die beiden Griffe des Rollstuhls und schob ihn hinaus. In der Tür drehte sich die Kranke um, winkte mit königlicher Geste zurück und sagte laut: »Aber nur zu gern, mein Lieber, gern gehe ich mit Ihnen spazieren, diese Leute sind doch abgrundlangweilig, finden Sie nicht?«

Gelbe Bluse zog nicht schnell genug ihr Taschentuch, ihr Lachen steckte die anderen an, schließlich lachte sogar die mit den schmalen Lippen. So plötzlich, wie es begonnen hatte, erstarb das Gelächter, alle starrten vor sich auf die leeren Teller, der Junge im Nehru-Anzug schrieb mit einem schmalen langen Finger eine unsichtbare Botschaft aufs Tischtuch.

Der große Dicke zog eine Uhr aus der Westentasche, ließ

den Deckel aufschnappen, im selben Moment blickten die anderen Männer auf ihre Armbanduhren, der Schmale mit der viel zu schwer gefassten Schildpattbrille so diskret, dass es besonders auffiel, einer von den Jungen, nein, jung war der nicht mehr, nur jünger, hob die Hand, schob mit großer Geste den Ärmel und dann die Doppelmanschette aus dem Weg, schüttelte zweimal den Kopf und zeigte auf seine Uhr, als wollte er sie in den Zeugenstand rufen.

Hanka und Alban räumten die Teller ab.

Lisa beeilte sich, die Wassergläser neu zu füllen.

Roland, 39

Und wieder geruhen sie nicht zur Kenntnis zu nehmen, was ihnen nicht passt. Das halten sie wohl für Savoir-vivre, wie sie sagen würden. Oder Stil? Egal. Selber schuld, dass ich mir das antue. Ich hätte nicht kommen müssen, bin ja gar nicht verwandt, bloß der Ex von einer ihrer Enkelinnen. Lilly ist auch eine Ex, aber sie hat's gut, liegt bequem in ihrem afrikanischen Krankenhaus, lässt sich die Sonne auf den Bauch scheinen. Es sei ihr vergönnt, aber sie hat doch immer die besseren Karten. Irgendwie war es mir ein Bedürfnis, Abschied zu nehmen von Ditta. Sie war die Letzte, die Letzte ihrer Generation, die letzte Zeitzeugin in dieser Familie – warum denke ich eigentlich bei Zeitzeugin immer nur an eine, die den Zweiten Weltkrieg bewusst erlebt hat? Zeitzeugen sind wir doch alle, Zeugen für unsere Zeit, und aus der Nähe lässt sich nicht sagen, ob diese unsere Zeit es einmal nötig haben wird, dass einer Zeugnis ablegt für sie. In England gibt es ein Sprichwort: Er lügt wie ein Augenzeuge. Gilt wohl auch für die meisten Zeitzeugen. Ich glaube, sie hat sich bemüht, nicht zu lügen, wenigstens ihre Wahrheit zu sagen, wenn schon nicht *die* Wahrheit. Wer kann das überhaupt? Es ist so unvorstellbar, dass sie tot sein soll. Ein Baum war sie, ein riesiger alter Baum, ein bisschen schief, ein bisschen zerzaust vom Sturm, sehr knorrig, die Rinde zerklüftet, aber erstaunlich stark. Ich kann mir schon vorstellen, dass ihre Töchter in ihrem Schatten nicht genug Sonne und nicht genug Wasser bekommen haben, wie meine

Frau Schwiegermutter oft und oft angedeutet hat, aber das war nicht mein Problem. Wie sie mich immer empfangen hat, mit hoch erhobenen ausgebreiteten Armen. Natürlich war das theatralisch, aber es hat zu ihr gepasst. Eine große Geste, kleine Gesten waren ihre Sache nicht. Wie sie sich vorbeugte, wenn sie fragte: Und wie geht es dir, mein Lieber? Wenn sie »mein Lieber« sagte, kam ich mir wichtig vor, auch als ich längst wusste, dass ich nur einer von vielen war. Immerhin entzog sie mir den Titel nicht nach der Scheidung, im Gegensatz zu ihrer Tochter, die hat mich doch beim Kondolieren tatsächlich gesiezt und mir nicht die Hand gegeben. Die sie übrigens gut und gerne behalten kann, ich brauche ihre Hand nicht, wirklich nicht. Meine Frau Ex-Schwiegermutter hab ich nie gemocht, das ist immerhin etwas, das sie und ich gemeinsam haben. Sie mag sich selbst nicht, es ist mir ein Rätsel, wie sie zu einer Tochter wie Theresa gekommen ist.

Theresa ist verliebt. So sieht eine Frau nur aus, wenn sie verliebt ist. Man könnte glauben, ihre Augen wären noch größer geworden und ihr Hals noch länger. Nofretete. Ich darf sie nicht so anstarren, das konnte sie schon nicht leiden, als wir noch zusammen waren. Hat nie geglaubt, dass es einfach Freude macht, sie anzusehen, da war immer der Verdacht, man hätte etwas gefunden, das geändert werden müsste. Ein Pickel, eine Falte, verschmiertes Make-up … Jetzt strahlt sie, obwohl ihre Augen schwimmen, obwohl sie dunkle Ringe unter den Augen hat. Ich weiß noch immer nicht, wie uns das passieren konnte. Man kann doch eine Liebe nicht verlieren wie einen Handschuh oder eine Brieftasche oder einen Schlüssel. Anscheinend doch. Wie viele verlorene Lieben liegen in den Parks, auf den Straßen, hängen in den Bäumen, fetzig wie alte Plastiktüten, zu nichts nütze. Wenn du Pech hast, reißt der Wind eine herunter und klatscht sie dir ins Gesicht, widerlich und feucht, und du hast zu tun, die Nase frei zu bekommen. Recycling möglich? Oder doch nicht? In Westafrika sammeln sie die schwarzen Plastiktüten, schneiden sie in dünne Streifen und verarbeiten sie zu wirklich sehr schicken Taschen. Fühlen sich gar nicht wie Plastik an. Wie geht das Gedicht von Erich Fried? »Alles, was tut, als hätte ich es verloren, sammelt sich heimlich«? Ist nicht ganz richtig zitiert, macht auch nichts. Bei meinem letzten Besuch erzählte Ditta von einem Zeitungsartikel, der sie offenbar sehr beschäftigt hat. Ein amerikanischer Neurologe schrieb anscheinend, der freie Wille sei nur eine Frage der Wahrnehmung, keine treibende Kraft. Wir glauben, eine Entscheidung getroffen zu haben, behauptete er, in Wirklichkeit aber hätten Studien bewiesen, dass wir agierten, noch bevor wir uns entschieden hätten, also Impulsen folgten, die nichts mit unserem Bewusstsein zu tun hätten. Sie packte meine beiden Hände. Wo bliebe dann die Verantwortung, fragte sie, dann wäre ja bewiesen, dass die Calvinisten recht hätten, alles sei vorbestimmt und jenseits unserer Kontrolle, wir könnten strampeln in unseren Hamsterrädern bis zum Umfallen, und es würde nicht den geringsten Unterschied machen. »Ich habe es eher als Ehre empfunden, dass die Schimpansen und die Orang-Utans zur Familie gehören«, sagte sie, »sie gefallen mir in vieler Hinsicht weit besser als die sonstige Verwandtschaft, also mit Darwin hatte ich nie ein Problem, aber die Vorstellung, dass nicht einmal meine Fehler mir gehören sollen, die passt mir ganz und gar nicht. Dann wäre das Leben noch sinnloser, als ich manchmal fürchte.« Ich versuchte das Argument des Amerikaners zu unterlaufen, schließlich ist doch das Unterbewusstsein auch ein Teil des Ich und darf nicht als Beweis gegen die Existenz eines freien Willens missbraucht werden.

Sie verwarf meine Meinung buchstäblich mit beiden Händen – ich glaube, kein Mensch hat je so endgültig die Hände mit gespreizten Fingern über die Schultern geworfen, gegen diese Abfuhr gab es keine Berufung –, schenkte Tee nach und sagte nach einer Pause, sie bestehe auf ihrem Recht, einen freien Willen zu haben, selbst wenn der von allen möglichen Bedingungen eingeengt wäre. Und jetzt solle ich bitte schön in die Küche gehen, sie habe eine Flasche Pinot Gris eingekühlt, aufmachen müsse ich sie schon selbst, sie habe gar keine Kraft mehr in den Fingern und ich sei schließlich ein Mann. Sie trank dann »Auf den freien Willen!«. Ich antwortete: »Selbst wenn es ihn nicht gibt!« Worauf sie drohte: »Er soll sich unterstehen!« Im Abendlicht sah sie so frisch und gesund aus, mit einem goldenen Schimmer auf Stirn und Wangen. Wir schauten den Krähen nach, die vom Himmelhof zu ihren Schlafplätzen am Steinhof flogen. Als ich mich verabschiedete, umarmte sie mich und sagte, sie freue sich schon auf meinen nächsten Besuch, aber sie würde mir nie verzeihen, wenn ich mich verpflichtet fühlte.

Schade, dass Lilly nicht da ist. David sieht ihr so ähnlich, dass es fast schon lächerlich ist, und gleichzeitig erinnert er mich immer mehr an Ditta. Vielleicht sind die beiden Frauen doch irgendwie verwandt, wahlverwandt sind sie jedenfalls. Ob Ditta gesehen hat, wie ähnlich ihr der Urenkel ist? Wie er jetzt dasitzt mit ganz leicht geneigtem Kopf – ich wette, die linke Nachbarin glaubt genauso wie die rechte, dass er ihr gespannt zuhört, in Wirklichkeit hört er vielleicht eine der Ragas, die er so sehr liebt, er hat mir einmal gesagt, er kann sie im Kopf abspielen. Genau so hat Ditta zugehört. Mit dem Gesicht könnte er Therapeut werden, Psychologiestudium überflüssig.

Eigentlich müsste ich Eberhard dankbar sein. Ich kann

tun, als hörte ich zu, und muss nichts reden. F. T. ist bereits eingenickt, kein Wunder bei dem weihevollen Gebrabbel. Mit entspanntem Gesicht ist er ein müder alter Mann, sein Doppelkinn rutscht immer tiefer hinunter. Theresa hat aus Brotkrume eine Rose geknetet, sie erwischt meinen Blick auf ihr Werk und grinst ein bisschen verlegen. Aber nicht mehr so, als wäre es eine Form von Missbrauch, dass ich sie anschaue. Ganz freundlich. Vielleicht können wir irgendwann eine Tasse Kaffee oder ein Glas Wein miteinander trinken und uns unterhalten wie alte Freunde.

Ditta würde mich jetzt fragen, ob ich Theresa immer noch liebe. Schwer zu sagen. Gleichgültig ist sie mir ganz gewiss nicht. Aber mein Atem geht ruhig, mein Herz schlägt ohne eine einzige Synkope, kein Schmetterling im Bauch, nur Kalbsgeschnetzeltes, ich schwitze nicht, ich krieg keine Gänsehaut, keine Zitterknie. Meine Hände erinnern sich nicht an das Gewicht ihrer runden Brüste, auch nicht, wie sich die kleine Speckrolle anfühlt, die nach Naomis Geburt übrig blieb und die sie so gestört hat. Ich denke, wir könnten einander jetzt einfach mit einem gewissen Wohlwollen begegnen trotz der gemeinsamen Vergangenheit. Was war, ist vorbei, gut so, *vorwärts und nicht vergessen*, wie geht das weiter? Jedenfalls vorwärts. Ein Kapitel ist abgeschlossen, ja, Ditta, mit deinem Tod ist ein Kapitel abgeschlossen, auch für mich, gerade für mich, obwohl oder vielleicht gerade weil ich nicht mit dir verwandt war. Wir mussten einander nicht mögen. Ich glaube schon, dass du mich auch gemocht hast, auf deine Art. Die nicht immer ganz ehrlich war, das musst du zugeben. Gar nichts musst du zugeben. Mit welchem Recht verlangen wir so etwas wie Ehrlichkeit, wenn wir selbst doch so selten bereit sind, das Risiko einzugehen, ungeschützt ehrlich zu sein?

Warum legt Lea ihre dünnen Finger auf mein Handgelenk? Jetzt sagt sie auch noch, wie sehr sie es schätzt, dass ich so gut zuhören kann. Und ich habe nicht ein einziges Wort gehört oder jedenfalls keines verstanden. Ziemlich gemein von ihr, mir ein schlechtes Gewissen zu machen. Blödsinn. Hat sie wirklich nicht gemerkt, dass ich ganz woanders war? Ich wüsste schon gern, für wen Theresa die Rose gemacht hat.

Nein, verliebt in sie bin ich ganz bestimmt nicht mehr. Aber gleichgültig ist sie mir ebenso wenig. Eine Art Echo ist noch da, ich möchte, dass es ihr gut geht, und ich hätte gar nichts dagegen, hin und wieder zu hören, was sie so treibt. Schade, dass ich Ditta nicht von Sylvie erzählt habe. Immer wieder habe ich überlegt, Ditta mit Sylvie zu besuchen, und dann habe ich es aufgeschoben. Zu spät. *Nevermore, quoth the raven: Nevermore.*

Nach der Runde um den Häuserblock grüßte Elvira hoheitsvoll winkend, als Alban den Rollstuhl zurück an ihren Platz schob. Sie zwinkerte Alfred Schreiber zu, blies ein Küsschen in Davids Richtung. »Brav!«, lobte sie und tätschelte Albans Hand. Er nahm das Tablett vom Seitentischchen, bot Getränke an in perfekter Haltung, die Serviette an seinem Arm wirkte wie eine Trophäe. Die alten Damen betrachteten ihn mit deutlichem Wohlwollen, und er lächelte jede so an, dass sie sich speziell gemeint fühlte und wünschte, sie wäre ihm unter anderen Umständen begegnet. Der Chef ahnt ja nicht einmal, was er an Alban hat, dachte Lisa. Die aufgeblasenen alten Männer am Tisch konnten ihm nicht das Wasser reichen, aber zu ihrem Glück wussten sie das nicht. Albans Freundlichkeit war absolut echt, ohne jede Berechnung, dass sie dem Gast galt und nicht der Person, war vermutlich nicht einmal ihm selbst klar. Er wollte nur, dass sich die Gäste wohl fühlten, und das erreichte er mit einer Unzahl winziger Aufmerksamkeiten, die niemandem auffielen, aber in der Summe eine Stimmung schafften, die Freundlichkeit möglich machte. An manchen Tagen hatte Lisa den Eindruck, dass er mit jeder Gruppe trauerte um Menschen, die er nie gekannt hatte. Plötzlich kam ihr der Gedanke, dass er vielleicht um eigene Tote trauerte, die er nicht hatte begraben können.

Es war eine schreckliche Unruhe in ihr. Am liebsten hätte sie die Schürze abgenommen, hätte den Mantel angezogen und wäre gegangen, hätte dem Friedhof den Rücken gekehrt, wäre bergab gegangen und wieder hügelauf, immer nach Westen, ohne zu blinzeln in die Sonne schauend, bis das kreisende Schwindelgefühl einsetzte, das eine wie sie in sein dunkles Zentrum saugte. Als Kind war sie oft über eine Wiese gekollert und hatte dann, den Kopf zwischen die Beine gehängt, in die Sonne geschaut. Ein Freund hatte ihr erzählt, dass Haschisch so auf ihn wirkte. Sie brauchte keine Droge dafür. Wir leben vom Sterben, dachte sie, ohne diese Begräbnisgesellschaften verirrt sich kaum einer in dieses Beisel, da bräuchte es kein Extrazimmer mit Kristallluster und altdeutscher Anrichte, da wäre die Gaststube mehr als genug für die drei, vier Säufer, da bräuchte es keine Köchin und keinen Alban, und mich bräuchte es erst recht nicht.

Thomas, 46

Warum habe ich mich herschleppen lassen? Großmutter hätte es nicht von mir verlangt, und ich weiß wirklich nicht, was Lea sich davon verspricht, heile Familie zu spielen. Wie mich diese Küsserei anwidert, dieses falsche Interesse. Wenn noch ein Einziger zu mir sagt, wir müssen uns wirklich demnächst sehen, zu schade, dass die Familie nur bei einer so traurigen Gelegenheit vollzählig versammelt ist, kann ich für nichts garantieren. Ich sollte längst in der Sitzung sein, der Müller ist einfach unfähig, diese Sitzung ist eindeutig eine Nummer zu groß für ihn, und das Schlimme ist, dass er es im Grunde weiß. *Procrastination*, wenn es das Wort nicht längst gäbe, hätte es für ihn erfunden werden müssen. Symptomatisch, dass es kein deutsches Äquivalent gibt, Verzögerung, Hinausschleppen ist viel zu schwach. Habe ich das Handy wieder eingeschaltet? Sonst klingelt es ja auch ständig, nur dann nicht, wenn man es brauchen würde. Lea unterhält sich offenbar blendend mit diesem Raffael, der aussieht, als käme er gerade vom Friseur, Strahlemann vom Dienst. Wie er sich aufplustert. Bin ich froh, dass ich mich damals gewehrt habe, ihn in die Firma aufzunehmen, obwohl Großmutter ja wirklich alles drangesetzt hat, mich zu überreden. Würde mich wundern, wenn der nicht jedem ein Hackl ins Kreuz wirft, der ihn gefördert hat. Nicht, dass ich mich vor ihm fürchten würde, das wäre ja noch schöner. Wenn es einer mit mir aufnehmen will, muss er doch etwas früher aufstehen.

Wer ist der alte Herr mit den weißen Strubbelhaaren? Ein toller Kopf, sieht fast aus wie Einstein, man möchte glauben, er wäre den letzten Rätseln auf der Spur. Wahrscheinlich denkt er gar nichts. Einmal machte Großmama so ein Gesicht, und als ich sie fragte, woran sie denke, sagte sie: Ich hör dem Rumpeln in meinem Bauch zu.

Du hast es gut gemacht, Großmama, vielleicht auch Glück gehabt. Ich hoffe, du hast nicht gewusst, dass Mama und Tante Stefanie dir das komfortable Pensionistenheim einreden wollten. Natürlich nur zu deinem Besten. Die beiden wissen immer, was für alle anderen das Beste ist. Sie wollen nur unser Bestes, aber das kriegen sie nicht. Die Karte hing am Klo unserer WG. Jonathan macht wieder einen so weggetretenen Eindruck, ist er high? Die Prüfung hat er nicht bestanden, da würde ich wetten, er hat sich so schnell weggedreht, als ich ihn begrüßte, wollte mir nicht Zeit lassen für eine Frage. Großmama hatte schon recht mit ihrer Behauptung, die Ersten bauen auf, die Zweiten erhalten, die Dritten wirtschaften ab. Ich konnte mich ja nicht durchsetzen gegen Lea, es war wohl Teil ihrer Strategie im Kampf gegen mich, wie sie die Buben verzärtelt hat. Ich kann mir nicht vorstellen, dass die beiden je erwachsen werden, sie erwarten immer, dass jemand anderer ihre Probleme löst. Von wegen Trittbrettfahrer, Schürzenzipfelfahrer sind sie geworden. Vielleicht hätte ich mich mehr einmischen müssen, hatte ich auch vor, ich wollte ein anderer Vater sein als meiner und alle Generationen vor ihm, in den ersten Jahren war das möglich. Aber was denn nicht noch alles? Einer muss sich schließlich ums Geschäft kümmern, die Verantwortung tragen. Früher vielleicht, da lief manches noch mehr oder weniger von allein, aber heute? Wie heißt es im ›Don Carlos‹? Wenn der Fürst schläft, wacht lauernd der Verräter, das hat Papa oft in der Dusche gesungen, natürlich auf Deutsch, sein Italienisch hat dafür nicht gereicht. Er hätte sich wohl gern als tiefer Bass gesehen. Die Leute haben ja keine Ahnung, wie kompliziert es heute ist, einen mittelständischen Betrieb zu führen. Hinter jedem erfolgreichen Mann steht eine Frau. Da fehlt ein Adjektiv. Hab ich vergessen, ist vielleicht gut so. Es geht nicht nur darum, einem den Rücken freizuhalten, wichtiger noch wäre der Kopf, den man nicht mit den albernen Alltagsgeschichten belasten kann, wenn man seinen Weg machen will. Dass ich nicht auf die Elternsprechtage gegangen bin, macht Lea mir zum Vorwurf! Meine Mutter wäre nie auf die Idee gekommen, Papa dazu zu verpflichten, dass er mit einem Haufen schwatzender Weiber vor einem Klassenzimmer antichambriert. Also wirklich. Papa sorgt für uns alle, sagte Mama oft genug, wir müssen dankbar sein und ihm keinen Kummer machen. Wenn ich denke, was alles in die Kategorie »Kummer machen« fiel, von ungebührlichem Lärm im Kinderzimmer bis zu schlechten Noten. Natürlich haben wir auch gelegentlich, na ja, wir waren keine Spielverderber, weit gefehlt, wir hatten unsere wilden Jahre, aber doch alles irgendwie im Rahmen. Lea tut geradeso, als müsste ich vor einem Pauker in die Knie gehen, also wirklich. Die spielen sich doch nur auf, weil sie insgeheim wissen, dass sie im rauen Wind der wirklichen Welt nie bestehen könnten. Wenn ich es mir recht überlege, wäre das genau der Schonraum, den diese Muttersöhnchen brauchen, nur müssten sie dazu erst einmal einen Studienabschluss schaffen. Es liegt natürlich nie an ihnen, wenn eine Prüfung schiefgeht oder sie einen Termin versäumen, immer sind es die Umstände, die bösen anderen. Weidwund dreinschauen, das können sie. Und Ansprüche stellen. Sie sind anscheinend wirklich überzeugt, dass ihnen derselbe Anteil am

Familieneinkommen zusteht wie mir, obwohl keiner von ihnen auch nur einen Cent dazu beiträgt. Dabei auch noch anmaßend. Die Blicke, die sie einander zugeworfen haben im letzten Jahr, als meine Skier schlecht gewachselt waren und ich ein paar Minuten nach ihnen unten ankam. Diese Herablassung. Einfach lächerlich. Wenn sie mich herausfordern wollen, wunderbar, aber dann müssen sie auch Leistung erbringen. Herrgott noch einmal, wir werden doch alle immer wieder an unseren Vätern gemessen. Leider auch an unseren Söhnen, da schneide ich nicht so gut ab, fürchte ich. Bei allen Bewährungsproben haben sie versagt. Erschreckend wenig fällt mir ein, das ich zu ihren Gunsten sagen könnte. Höchstens, ja, Marco hat eine gewisse Fähigkeit, ein Problem sehr schnell als Ganzes zu erkennen, nur ist er leider nicht bereit, sich mit den Details herumzuschlagen, auf die es letztlich ankommt. Jonathan – ist es nicht schrecklich, wie lange ich nachdenken muss, bis ich etwas Gutes an ihm finde, wie war doch die Geschichte mit dem Käse, den er gern gegessen hat? Also Jonathans Rückhand ist gar nicht übel, wenn er bereit wäre, sich auf ein richtig ernsthaftes Training einzulassen, hätte er durchaus Chancen als Profi. Wenn. Hätte. Nur im Konjunktiv kann ich mich an meinen Söhnen freuen. In Wirklichkeit kenne ich sie kaum, so schrecklich das ist, und sie zeigen keinerlei Interesse daran, mich zu kennen. Was habe ich mich bemüht, meinem Vater näherzukommen. Ein einziges Mal fällt mir ein, wir hatten uns bei einer Wanderung verlaufen – übrigens die einzige Wanderung mit ihm, an die ich mich erinnern kann – und sind schon völlig erschöpft über eine steinübersäte Wiese gestolpert, jede Menge Kuhfladen, aber weit und breit keine Tiere, ich bin in einem Kuhfladen ausgerutscht und hingefallen, wollte gar nicht mehr aufstehen, aber er hat meine Hand gepackt und mich hochgezogen und hat meine dreckige Hand gehalten, bis wir zu einem Bach kamen, da haben wir uns gewaschen und herumgespritzt und es war einfach schön. »Wir beide«, hat er gesagt, immer wieder »Wir beide« auf dem langen Weg zurück zum Auto. Das Bein war tatsächlich gebrochen, der Knöchel war so geschwollen, dass der Arzt in der Unfallambulanz Papa sehr vorwurfsvoll anschaute.

Angeblich hat Großmama als junge Frau einen Aufschlag gehabt, vor dem sich die meisten ihrer Tennispartner gefürchtet haben. Würde mich nicht wundern. Sie hat auch ihre Pointen perfekt placiert, sie zurückzuspielen war so gut wie unmöglich.

Lea schaut schon zum dritten oder vierten Mal herüber. Signalisiert sie mir, dass wir gehen sollen? Nichts, das ich lieber täte. Wenn sie auch nur ein einziges Mal wirkliches Interesse an meiner Arbeit gezeigt hätte, wäre manches anders geworden. Patricia hat schon den gleichen Blick wie ihre Urgroßmutter, wenn sie die Leute mustert. Ich gäbe was dafür, in ihren Kopf hineinsehen zu können. Wäre vermutlich amüsant – und ziemlich bösartig, allerdings nicht unverdient. In dieser Familie haben die Frauen alles an sich gerissen, was es an Begabung gab. Welche Chance haben da wir Armen? Also nein, das geht zu weit. Wie war das mit: So groß bist du nicht, dass du dich so klein machen müsstest? Natürlich auch einer von Großmamas Aussprüchen. Keine Ahnung, woher der stammt. Sie hat ja nie mit Quellenangabe zitiert, nicht einmal, wenn man sie gefragt hat. Dadurch, dass sie es zitiert hat, hat sie es sich zu eigen gemacht. Gut, ist auch egal, wirklich, sie hat ja keine Dissertation darüber geschrieben. Im Grunde habe ich sie kaum gekannt. Mama zwang uns zwar, geschnäuzt und gekämmt bei jedem von Großmamas Geburtstagen und natürlich zum heiligen Adventsingen anzutanzen, aber sie hat es nicht gern gesehen, wenn wir allein zu ihr fuhren. Schon seltsam, so viele Dinge habe ich getan, die sie noch weniger gern gesehen hat, aber da habe ich ihr gefolgt. Warum eigentlich? Immer wieder einmal dachte ich, morgen gehe ich sie besuchen. Oder am nächsten Dienstag, spätestens. Immer ist etwas dazwischengekommen, wenn man es genau nimmt, war es oft gar nicht so wichtig. Seltsam, es war mir immer klar, dass meine Eltern eines Tages sterben, schon als Kind. Aber Großmama? Nie. Wer war es nur, der mir erzählt hat, dass sie zu Kriegsende einen Deserteur im Haus versteckt hat, als Frau verkleidet? Und dass sie einer jüdischen Schulkameradin zwei Jahre lang täglich Essen gebracht hat, die aber dann ein paar Tage vor Kriegsende an Typhus starb? Großmama selbst hat nie davon gesprochen. Warum habe ich sie nie danach gefragt? Habe ich Angst gehabt, sie könnte mich auslachen und sagen, ich hätte es wohl notwendig, eine Heldin zur Großmutter zu haben? Was ja nicht ganz verkehrt wäre, früher jedenfalls. Nein, es würde mir gefallen, auch heute noch, obwohl ich sicher nicht damit prahlen würde. Für mich selbst wäre es ein guter Gedanke, irgendwie motivierend. Ein Gegengewicht zu den unsäglichen Figuren, die sich als heimliche Widerständler gerieren, weil sie einmal einen Hitlerwitz erzählt oder Ärger mit dem Blockwart bekommen haben wegen einer undichten Verdunkelung. Was hätte ich sonst anzubieten? Eine gescheiterte Ehe, zwei Söhne, von denen ich nichts erwarte? Stimmt nicht ganz, sonst wäre ich wohl nicht immer wieder von neuem enttäuscht. Einen funktionierenden Betrieb, das wohl, und vorläufig muss ich ja noch nicht daran denken, wer ihn nach mir übernimmt. Einen funktionierenden Betrieb, erhöhte Cholesterin- und Blutdruckwerte. Großartige Bilanz. Verdammt noch einmal, es ist zu früh für eine Bilanzkrise! Und überhaupt, ich wette, wenn ich jetzt eine von diesen albernen Blitzumfragen starten wollte, hier an diesem Tisch: Worin liegt der Sinn deines Lebens? – nicht eine einzige vernünftige Antwort würde ich bekommen. Nicht eine. Weitermachen, das ist alles, was ihnen einfallen würde. Wie der Feldwebel in der Grundausbildung immer gebrüllt hat. Weitermachen!

Mama sieht heute alt aus. Alt und müde. Manchmal tut sie mir leid, obwohl sie sich selbst so aufrichtig leidtut, dass es eigentlich überflüssig ist, wenn auch andere mit ihr Mitleid haben. Wirklich unglücklich wäre sie ja erst dann, wenn sie keinen Grund hätte, sich selbst leidzutun. Arme Mama. Manche haben ein Talent zum Glücklichsein, ohne Rücksicht auf die realen Zustände, Mama hat ein Talent zum Unglücklichsein, ebenfalls ohne Rücksicht auf die realen Zustände. Arme Mama. Gar nix arme Mama. Anna und ich sollten stellvertretend für sie glücklich sein, schließlich hatten wir ja allen Grund dazu, da sie doch unsere Mutter war und sich für uns aufopferte, Tag und Nacht und so weiter, aber wenn wir einmal laut lachten – selten genug –, dann kam dieser verdammte schmerzlich verspannte Ausdruck über ihr Gesicht, diese Mater dolorosa, die immer zu sagen schien, hier, mein Kind, hier hast du das Messer, schneide nur das Herz aus meiner Brust, dünste es in Butter, vergiss nicht, Majoran draufzustreuen oder vielleicht doch Oregano, gib grob gemahlenen Pfeffer dazu, und das Salz erst ganz zum Schluss. Was reg ich mich auf, ist doch nicht mehr mein Problem. Deins schon eher, Papa. Was war ich zornig auf dich. Jetzt wünsche ich dir, dass es dir gut geht mit deiner Dulcinea, wie immer sie heißt, ich kann mir schließlich nicht alles merken.

Warum starrt Elvira mich so an?

Die wollen doch tatsächlich noch ein Dessert bestellen. Studieren die Karte, als müssten sie darüber eine Seminararbeit schreiben. Das verlängert diese Farce garantiert um mindestens dreißig Minuten. Nichts gegen dich, Oma, aber die Behauptung, das Zusammensein mit der ganzen Verwandtschaft zu ermöglichen sei ein letzter Liebesbeweis des Verstorbenen, die ist doch wahrhaftig verlogen. Eine Strafe für alle Versäumnisse, das trifft's schon eher. Einmal hast du mich gebeten, dich auf den Friedhof zu fahren, Oma, es war ein heller Septembertag, kein Mensch auf dem Friedhof, auf der hohen Birke sang eine Amsel, wir haben Stiefmütterchen auf Opas Grab gesetzt. Du hattest gerade die Blumen eingegossen, da begann die Totenglocke zu läuten. Hinter dem Sarg ging eine einzige Frau. Du hast mir zugenickt, Oma, hast drei Stiefmütterchen abgepflückt und wir sind hinter der Frau den Hang hinaufgegangen bis zur letzten Reihe an der Mauer. Du hast die drei Stiefmütterchen auf den hellen Sarg geworfen, ich konnte keine Münzen für den Totengräber finden, das war mir peinlich, aber nicht peinlich genug, um ihm den 20-Euro-Schein zu geben, den kleinsten, den ich hatte. Die Frau sagte Danke und ging mit sehr raschen Schritten davon. Als wir zum Friedhofstor kamen, war sie nicht mehr zu sehen. Du hast darauf bestanden, mich zum Kaffee einzuladen. Schon gut, Oma. Hab verstanden.

Der hatte vielleicht geladen. Schon wie er hereinkam, in der Gaststube stehen blieb, wie er die Tür zum Extrazimmer fixierte, ein Auge zugekniffen, als wollte er zielen, den Kopf vorgeschoben wie ein gereizter Stier. Schultern hoch, Arme leicht nach rückwärts setzte er sich in Bewegung auf die offene Tür zu, gehorchte einem Befehl, den keiner hörte. Die werden eine Freude haben mit dem Herrn, dachte Lisa, so was von im Öl hab ich schon lang nicht mehr gesehen, dagegen sind unsere alten Schnapsbrüder geradezu nüchtern, und er macht mir ganz den Eindruck, als ob er Ärger sucht, aber was soll ich tun, der Chef ist wieder einmal nicht da, der ist nie da, wenn man ihn ausnahmsweise einmal brauchen könnte.

Auf der Schwelle blieb der Mann stehen, zupfte an seinem Hemdkragen, fingerte nach seiner Krawatte, die er entweder vergessen oder unterwegs verloren hatte, jedenfalls fand er keine, aber das konnte er nicht glauben, Lisa wiederum konnte kaum glauben, dass keiner von der ganzen Gesellschaft hochblickte und ihn sah, alle waren über ihre Teller gebeugt, schaufelten in sich hinein. Der Mann schwankte vom linken Türstock zum rechten, wenigstens die Bewegung müssten sie doch wahrnehmen, aber keiner rührte sich, als wäre die Welt angehalten, versteinert, eingefroren. Ich komm mir vor wie im falschen Film, dachte Lisa. Der Mann machte den Mund auf und zu, völlig lautlos, plötzlich packte er sie am Arm, drehte ihr sein Gesicht zu, als er nicht einmal mehr fünf Zentimeter entfernt war, brüllte er: »Sliwowitz!« Alle rissen die Köpfe hoch, alle starrten ihn an, mehrere stöhnten gleichzeitig »Aber Alex!«. Eine von den Damen sagte: »Sieh einer an. So viel Selbsterkenntnis hätte ich dir gar nicht zugetraut.« Er blickte in die Runde. Jetzt rede er seit mindestens fünf Minuten mit ihnen und bekäme keine Antwort, alle versicherten ihm, dass ihm nicht ein Wort, nicht eine Silbe über die Lippen gekommen war, Lisa könne das bestätigen, sie sei schließlich eine objektive Zeugin. Einen Augenblick lang war sie in Versuchung, ihnen einen Bären aufzubinden, dann sagte sie doch die Wahrheit. Der Mann war offenbar so geschockt, dass er tatsächlich mit einem Schlag nüchtern war. Gelbe Bluse stand auf, trat zu ihm, nahm ihn bei der Hand, führte ihn an den Tisch und bat Lisa, ihm eine Suppe zu bringen. Sie holte einen von den Stühlen an der Wand und setzte sich neben ihn. Nach einer Schrecksekunde fingen alle an zu reden, deckten ihre Befangenheit mit Geschwätz zu. Der Dunkelhaarige mit den unanständig langen Wimpern legte den Kopf schief und grinste. Seine Lippen sind ein bisschen zu lose, stellte Lisa fest, beinahe schlaff, Gott sei Dank, sonst wäre er zu schön. Er und die Brünette waren offenbar doch kein Paar. ›Strukturelle Unterschiede zwischen trauernden und feiernden Familien‹ wäre ein Thema für meine Diplomarbeit, ging es Lisa durch den Kopf, das war natürlich Unsinn, denn wer wollte behaupten, dass bei Hochzeiten tatsächlich gefeiert und bei Begräbnissen getrauert würde? Immerhin hatte sie in ihrem Job genug Gelegenheit, eine Statistik auszuarbeiten über die Häufigkeit der Grabschversuche, der Knutschereien auf der Kellerstiege und so weiter. Der Große im Maßanzug, der über seinem Bauch und an den fleischigen Schultern spannte, leckte mit der dicken Zunge über seine

Unterlippe, sooft Lisa in seine Nähe kam. Das war beinahe noch widerlicher, als hätte er ihren Hintern angefasst. Aber ja, selbstverständlich, sofort, ein Mineralwasser, drei Espressos, fünf kleine Braune, zwei Kaffee HAG, einen Cognac, einen Benediktiner, drei Grappa. Das gehörte auch zu ihrer Untersuchung: Die appetitanregende Wirkung von Begräbnissen mit Berücksichtigung geschlechtsspezifischer Unterschiede.

Alex, 47

Dieser Aber-Alex-Blick. Dieser Wie-kannst-du-mir-das-antun-Blick. Dieser Du-bist-ja-betrunken-Blick. Dieser eheliche Anna-Blick.

Klar hab ich einen kurzen Zwischenstopp eingelegt. Zwischen zwei Zwetschgenbäumen. Zwischen zwei Zwetschgernen zwitschern zwei … zwei was? Zwischen ist ein Test. Solange man zwischen sagen kann, ist man nicht wirklich besoffen. Ich weiß nur nicht, welche zwei zwischen den zwei Zwetschgernen was tun. Zwitschern? Aha, so nennt man das heute. Bitte schön, nix dagegen. Heiß da herinnen.

Anna, meine Teure, schau nicht so böse. Es tut mir ja leid, Anna, ich wollte rechtzeitig zu der Vererdigung, nein, Be-erdigung, warum denn nicht gleich, Be-erdigung, nicht Ab-erdigung und nicht Zu-erdigung, obwohl, das wäre doch passend, Staub zu Staub und Erde zu Erde, nein, Asche zu Asche, kommt aber auf dasselbe raus, also ich wollte ja wirklich rechtzeitig, aber genau der Blick, den du jetzt aufsetzt, Anna, meine Teure, genau das ist der Grund, warum ich unterwegs ein paar Mal rasten musste. Rasten, verstehst du? Wenn du wüsstest, wie sehr du deiner Mutter ähnlich siehst mit diesem Blick, du würdest … Natürlich sag ich dir das nicht, kein Wort davon, ich denk's nicht einmal, ein Gentleman genießt und schweigt, nein, das passt hier nicht, aber es gibt bestimmt ein Sprichwort, das passt, mir fällt es nur nicht ein. Dittaoma hätte es gewusst, sie hätte es mir auch gesagt, aber die kann ich ja nicht fragen, die ist nämlich tot, gestorben, dahingeschieden, von uns gegangen, den Weg allen Fleisches, hinab, hinüber. Tief betrauert und so, nein, um sie ist's wirklich schade. Wenn ich nur wüsste, ob sie irgendjemandem von unserer kleinen Abmachung erzählt hat. Also fünf Raten hab ich ja zurückgezahlt, pünktlich, ehrlich. Beinahe pünktlich! Was kann ich dafür, wenn alles schiefläuft? Ich bin doch nur ins Kasino gegangen, damit ich meine Schulden zahlen kann, ich wollte ja gar nicht, also mir kann ich keinen Vorwurf machen, mir nicht, ich hab getan, was ich konnte, und mehr. Anna, meine Teure, du würdest das natürlich anders sehen, aber es besteht immerhin die Hoffnung, dass du es gar nicht siehst. Ist doch witzig, die ganze Zeit glotzt du zu mir her mit diesem Tantenblick, hör einmal, du bist nicht meine Tante, du bist meine Frau, verdammt noch einmal, du kannst doch nicht einfach so tun, als hättest du mich nicht gesehen, so mitten durch mich durchschauen, das gilt nicht. Ich bin dein Mann, ob es dir passt oder nicht. Annerle, Annileinchen, Annuschka, komm, sei wieder gut, ich werde auch ganz … Wie war das? Krieg ich jetzt meinen Sliwowitz oder nicht? Sonst werde ich am Ende noch nüchtern, und dann kann ich für nichts garantieren. Zwischen zwei Zwetschgenbäum'. Weit und breit kein Zwetschgenbaum. Zwischen zwei Schreckschrauben ist ein Sessel frei, ich weiß nicht einmal ihre Namen, keiner hat uns bekannt gemacht, klar doch, der arme Trottel zählt ja nicht, der Alex ist nicht Familie, nicht einmal richtig angeheiratet mit Kranz und Schleier und bis dass der Tod euch scheidet, nur mit so einem popeligen Standesbeamten, Gott, hat der einen Schnupfen gehabt, hat geklungen wie der Graf Bobby persönlich, ich meine, da hätten wir schon umkehren müssen, eigentlich, es kann doch nicht gut gehen, wenn eine Ehe mit so einem Genuschel beginnt. Wie meine Frau Schwiegermama mit meiner Krawatte herumgefummelt hat, ein Stück nach links, ein Stück nach rechts, und die ganze Zeit dieses Glitzern in den Augen, als würde sie am liebsten fest zuziehen. Aus angeheiratet kann angeheitert werden, muss nur ein a unter den Tisch fallen. He, Patricia, ich muss dir was sagen, ist mir grad eingefallen, echt clever, wird dir gefallen. Warum hört mir keiner zu? Patricia, ich bin immerhin dein Vater und du sollst Vater und Mutter ehren, zuerst den Vater, dann die Mutter, das ist die richtige Reihenfolge, schau nach in der Bibel, wenn du mir nicht glaubst. Da kann einer sagen, was er will, meine Tochter ist bildschön, muss ich selber sagen. Bildschön. Allerdings ohne jeden Respekt. Hallo, schau her, ich bin's, dein Vater! He, Leute! Nein, also so geht das nicht, ehrlich, so geht das nicht. Bin ich am Ende gestorben und hab's nur nicht gemerkt? Mir scheint, so etwas Ähnliches hab ich einmal in einem Film gesehen. Davon wird man glatt nüchtern. Was ich brauch, ist ein Schnaps. Zwischen zwei Zwetschgernen. Einen Sliwowitz, schönes Kind, als Medizin, verstehst du? Nicht wegen Alkoholiker und so. Auch nicht anonym. Nur Medizin. Auf unsere liebe Oma Edith. Sollst leben, Edith. Bist ja doch die Beste von allen. Und unser kleines Geheimnis behältst du für dich, gelt? Muss ja nicht jeder gleich alles wissen, oder? Prost, Edith. Salute. Cheers. Three cheers for Edith. Kannst auch gern mehr haben. Wie wär's mit seven cheers for Edith? Keiner kann sagen, dass ich nicht großzügig bin.

Stefanie, 72

Schlimm. Also in diesem Zustand zu Mutters Beerdigung zu erscheinen, eigentlich nicht direkt zur Beerdigung, es ist ja noch ein Glück, dass er so spät kommt und direkt ins Gasthaus, so bleibt es immerhin in der Familie, der erweiterten Familie. Ich will gar nicht daran denken, wie unangenehm dieser Auftritt auf dem Friedhof gewesen wäre, vor gut und gern hundertfünfzig Menschen, wenn es nicht sogar mehr als zweihundert waren. So viele Hände zu drücken, so oft zu murmeln, Danke, sehr lieb. Egal, was jemand sagt, danke, sehr lieb. So viele sind anscheinend wirklich aus innerem Bedürfnis gekommen, viele, die ich gar nicht kannte. So viele, die sagten, wie dankbar sie ihr sind. Mama hätte sich gefreut, denke ich. Es wäre schön, wenn ich glauben könnte, dass sie auf einer Wolke sitzt und zu uns herunterschaut. Wie die Winde gequietscht hat, als sie den Sarg hinunterließen. Müsste man eigentlich dem Friedhofsverwalter sagen, auf die paar Tropfen Öl dürfte es nicht ankommen bei den Preisen für die Bestattung. Jetzt, wo ich daran denke, scheint mir, dass diese Winde schon bei Vaters Begräbnis vor mehr als dreißig Jahren genauso gequietscht hat. Das nennt man dann wohl Tradition. Seltsam, an Tagen wie heute bin ich richtig dankbar für die Traditionen. Sonst wüsste man ja gar nicht, was man tun soll. Wie gut, dass Mama nicht ausgetreten ist aus der Kirche, als sie damit gedroht hat, weil sie so wütend war über den Papst, der Romero den Segen verweigert und ihn damit, wie sie sagte, zum Abschuss freigegeben hat. Wie oft hat sie seither erklärt, jetzt sei es endgültig so weit, und hat dann den Schritt doch nicht getan.

An den Eckpunkten des Lebens tragen die alten Riten vielleicht auch die, die nicht an den Inhalt glauben. Vielleicht gibt die Form an sich den Halt, der verhindert, dass wir uns ganz ins Ungewisse verlieren.

Aber die Rede oder Predigt oder was immer, die war furchtbar. Wer einem Menschen alle Fehler und Schwächen abspricht, spricht ihm das Leben ab. Mama war lebendig. Sie war schwer auszuhalten, sie war stur, nachtragend, taktlos und selbstgerecht, sie hat sich überall eingemischt und keinen Widerspruch gelten lassen, aber sie war auch liebevoll und großzügig, sie konnte lachen und verzeihen und war tapfer und lernbegierig bis zum letzten Tag. Eigentlich waren ihre Stärken und ihre Schwächen beinahe deckungsgleich, quasi die beiden Seiten einer Münze, Kopf und Adler. Wäre sie weniger aufopfernd gewesen, wäre sie auch weniger unerträglich gewesen und so weiter. Wenn man's genau nimmt, traten ihre guten Eigenschaften aus einiger Entfernung deutlicher hervor und die schwierigen aus allzu großer Nähe. So viele Menschen haben so viele freundliche, dankbare Worte über sie gefunden, sie damit zugedeckt, wie sie den Sarg mit den Blumen zugedeckt haben, die sie ihr nachgeworfen haben. Sie geht mir ganz verloren unter all den Lobreden, fiel mir irgendwann ein, das ist sie nicht, das war sie nicht, das kann keine Frau auf der Welt sein, lasst mir meine herrschsüchtige, ständig fordernde Mutter, mit der ich mich nie auch nur einen Augenblick gelangweilt habe. Erschlagt sie nicht mit einem von diesen Heiligenbildern, die ich als Kind so geliebt habe, alle Farben mit viel Deckweiß gemischt, Heilige mit Fondantglasur. Das hat sie nicht verdient. Man könnte eine Menge gegen sie sagen, aber eines kann ihr niemand absprechen: Sie hatte Geschmack. Ach, Edith, so viele Jahre lang hab ich versucht, das Kind zu sein, das du dir gewünscht hättest. Wie oft habe ich geheult, weil ich deine Ablehnung gespürt habe, ich habe ja nicht kapiert, dass du gar nicht mich abgelehnt hast, sondern meine Untertänigkeit. Rebelliert habe ich, aber nicht gegen dich, sondern für dich, weil ich deine Verachtung für die Angepassten gespürt habe, und du hast gewusst, nicht weil du es analysiert hättest, nicht weil du nächtelang über mich nachgedacht hättest, nein, du hast einfach gewusst, dass meine Rebellion nichts war als verzweifelte Anpassung an das, was ich für dein Bild einer würdigen Tochter hielt. Weißt du, wie oft ich dachte, du könntest gar nicht meine Mutter sein, du wärst meine Stiefmutter, in jedem Märchen hab ich dich gefunden und sogar den Verdacht gehabt, du hättest meine richtige Mutter umgebracht. Über jede einzelne von Vaters Affären habe ich mich gefreut, so hat er mich gerächt, obwohl er mich gar nicht wahrgenommen hat. Wenn ich ihm seinen Espresso brachte und er aufschaute, lag immer die Frage in seinem Blick: Wer ist denn das? »Ach ja, Stefanie, danke schön«, kam dann, begleitet von diesem resignierenden Lächeln. Trotzdem war ich auf seiner Seite, Edith, wäre gern sein Knappe gewesen, bloß brauchte er keinen Knappen, ein Knappe wäre ihm nur im Weg gewesen, seine Waffen brauchte ihm keiner nachzutragen. Dich hab ich verraten, Mutter, tausendmal jeden Tag hab ich dich verraten und doch um dich gebuhlt. Ich habe so gar keine Ahnung, wie du mit Vaters Untreue fertig geworden bist. Eine Zeitlang habe ich dich als Opfer gesehen, einmal habe ich sogar eine Bemerkung gemacht, die ich für verständnisvoll hielt – da hast du mich ausgelacht und eine dumme Gans geheißen. Ich bin monatelang nicht zu dir gegangen und du hast dich auch nicht gerührt, zu Theresas Geburtstag standest du plötzlich da, als wäre nie etwas gewesen, und ich habe mich hinter der Rolle der Gastgeberin verschanzt und demütig das Lob für meine Kuchen aufgefangen wie ein Delphin den Ball. Ja, Edith, es muss einmal gesagt werden nach all den Lobeshymnen: Als Mutter warst du eine Katastrophe. Mich jedenfalls hast du gequält und verbogen. Früher glaubte ich, du hättest eine perverse Freude daran, das war falsch. Ich weiß nicht, ob du selbst zu bedürftig warst, um die Bedürftigkeit deiner Töchter aushalten zu können, ob es daran lag, dass du es als vernichtende Kritik an dir empfunden hast, dass deine Töchter nicht pausenlos glücklich waren, ob du uns als deine Geschöpfe empfunden hast und dich betrogen fühltest um das Spiegelbild in uns, das dir zustand. Was immer es gewesen sein mag, ich will es eigentlich nicht mehr wissen, es geht mich nichts an, es ist dein Geheimnis, du hast ja deine Geheimnisse gut zu hüten gewusst, so gern und viel und manchmal auch klug du geredet hast. Du warst der Mittelpunkt, um dich kreisten wir alle. Als ich aufhörte, Hoffnungen in dich zu setzen, konnte auch ich die Faszination erleben, die du auf andere ausgeübt hast. Seltsam, alle kamen mit Hoffnungen zu dir, die Hoffnungen der Fremden rührten dich, die deiner Töchter wolltest du nicht an dich heranlassen, ich glaube, sie waren dir sogar widerlich. In den letzten Jahren, Edith, saßen wir manchmal tatsächlich entspannt am Kaffeetisch. Das stimmt doch, nicht wahr? Du konntest mich sogar hin und wieder ohne theatralisches Getue begrüßen, das habe ich als Auszeichnung empfunden. Du hättest es natürlich nie zugegeben, aber die Nachrufe hätten dir gefallen, und nicht nur, weil sie dir Gelegenheit zu sehr spitzen Bemerkungen gegeben hätten. David hat sich ein paar Mal auf die Lippen gebissen, um nicht zu lachen, als ich zufällig zu ihm hinübergeblickt habe. Zu keinem deiner Kinder und Enkelkinder hattest du eine Beziehung wie zu David und Patricia. Ist es ein bösartiger Verdacht, wenn ich mich frage, ob das an ihrer Schönheit liegt? Wenn du überhaupt lieben konntest, was ich nicht weiß, dann hast du sie geliebt. Wo ist die Grenze zwischen Wohlwollen und Liebe? Ist Verstehen eine Voraussetzung für Liebe? Oder beginnt die Liebe dort, wo das Verstehen aufhört? Ach, Edith. Darüber hättest du gern geredet, theoretisch natürlich, deine lange dünne Zigarette wäre im Aschenbecher verglüht, möglicherweise hättest du gedankenverloren eine zweite angezündet, während aus der ersten noch eine dünne Rauchfahne aufstieg. Schön waren deine Hände, und immer kühl. Es war wunderbar, Fieber zu haben, dann legtest du mir eine Hand auf die Stirn, und wenn die heiß geworden war, die andere. Von deinem geglückten Leben haben viele gesprochen, und ich habe mich die ganze Zeit gefragt, ob du da den Kopf schief gelegt und den Mund verzogen hättest. Natürlich haben alle auch von Kindern und Enkelkindern und Urenkeln gesprochen, im Kreise von, du weißt schon, Erbe und Auftrag und Verantwortung. Hast du dein Leben als geglückt angesehen? Die Frage nach dem Sinn gelöst? Immer öfter kommt mir der Verdacht, dass die Frage nicht beantwortet, sondern nur weitergereicht wird, so nach dem Motto: Ich weiß nicht, ob es Sinn hat, aber da ich alles nur für dich tue, übernimm du gefälligst diese eine Frage für mich. Was für eine schreckliche Bürde, eine Riesenlast, die wir Kindern auf die schmalen Schultern legen. Diese Suche nach Sinn, liegt da nicht eine Verwechslung vor? Sinn als Synonym für Erlösung? Mir kommt es vor, als verlangten wir von diesem Sinn, wie immer er sich definiert, er müsste der gemeinsame Nenner sein, der aus allen Bruchstücken und Zufälligkeiten unseres individuellen Lebens ein Ganzes macht. Müssten wir am Ende tatsächlich zurück zur Natur, nicht nur zum Bioladen? Dann wäre es genug, Junge zu kriegen, die wiederum Junge kriegen, die Erhaltung der Art sichern. Aber wir wollen ja nicht die Art, wir wollen das Individuum. Ach, Mist, ich glaube, ich verheddere mich in den vielen Unbekannten der Gleichungen in meinem Kopf. Da gab es doch einen Buchtitel ›The selfish gene‹, wie würde ich das übersetzen, das selbstsüchtige Gen oder das egoistische, es muss noch ein anderes Wort geben, das mir im Moment nicht einfällt, also jedenfalls wäre der Sinn des Lebens die Weitergabe des genetischen Materials. Ein Stafettenlauf. Ich glaube es einfach nicht. Ich will es nicht glauben. Obwohl es in gewisser Weise tröstlich wäre, dann hätte ich ja meine Aufgabe erfüllt, als ich Raffael zur Welt brachte und ein gutes Jahr darauf Theresa. Sollen die sich um den Sinn kümmern. Ich werde ja jetzt wohl endlich alt sein dürfen, nicht mehr Tochter, nur noch alte Frau, Familienälteste bitte sehr, also eine Respektsperson, ob mir deine Schuhe zu groß sind, liebe Mutter, danach fragt keiner, danach hat keiner zu fragen, und wenn ich auf die Nase falle, weil ich darin zu gehen versuche, dann falle ich eben auf die Nase, ist ohnehin kein Prunkstück, diese Nase, und mit dem Alter noch klobiger geworden. Mit diesem Tag sind wir alle ein Stück vorgerückt in der Hierarchie der Familie, niemand steht mehr vor Rieke und mir. Wie finde ich das? Ist es jetzt unsere Aufgabe, Windbrecher zu sein für die anderen? Schlimm, ich weiß, dass ich die Männer nicht mitzähle, aber das würde ich ihnen nicht antun wollen, den Armen. F. T. und Eberhardchen in je einem von Mutters Schuhen? Da gibt man ihnen am besten einen Kochlöffel und lässt sie Regatta spielen. Wobei sie vermutlich die Kochlöffel nicht als Ruder, sondern als Schwerter verwenden würden, die zwei Platzhirschlein. Jetzt würde Edith einen Finger heben, und weil ihr das gleich oberlehrerhaft vorkommen würde, würde sie ihn an den rechten Nasenflügel legen, als hätte sie nie etwas anderes vorgehabt, als tiefes Nachdenken auch körperlich auszudrücken, und dann würde sie sagen: Stefanie, du bist gemein. Womit sie ja auch recht hätte. Es geht übrigens nicht um diese Gitti und alle ihre Vorgängerinnen und die, die noch kommen werden. Es geht um den Mann, den ich geheiratet habe, und den F. T. in den Bankrott getrieben hat, um selbst Erfolg zu haben. Nein, Mutter, das ist keine weit hergeholte Metapher, das ist einfach so. Ich trauere um dich, ja, aber ich trauere jetzt schon seit mehr als zwanzig Jahren um den Menschen, der Friedrich Theodor hätte sein können. Nein, ich bin nicht zum Richter bestellt, Herrgott noch einmal. Weißt du, Edith, was das Unerträglichste an dir ist? Dass du dich so in mir eingenistet hast, und das ist bitte schön pervers, ich kann doch nicht mit meiner eigenen Mutter schwanger sein. Jedenfalls redest du mir ja noch mehr drein, als du es schon zu deinen Lebzeiten getan hast!

Lisa setzte sich auf den Küchenhocker, für eine Minute nur, gleich würde sie wieder ins Extrazimmer gehen und die letzten Bestellungen aufnehmen.

Hanka saß mit weit vorgestreckten gegrätschten Beinen auf dem Küchenboden, den Rücken an den Kühlschrank gelehnt. Plötzlich fing sie an zu erzählen. Sie war weggelaufen aus ihrem Dorf, einem Dorf mit unaussprechlichem Namen, nach einem Fest, bei dem ihr Onkel sie so fest an sich gedrückt hatte, dass sie gespürt hatte, was er in der Hose hatte, gegraust hatte ihr und Angst hatte sie gehabt, aber als sie versuchte, es der Tante zu sagen, hatte die Tante geschrien, sie lüge, sie habe immer schon gelogen, und überhaupt sei sie selbst schuld, warum habe sie so viele Knöpfe an ihrer Bluse offen gelassen und die Röcke so kurz, eine Schande sei das für die ganze Familie. Noch am selben Abend war sie weggerannt, ohne zu wissen, wohin, ein Lastwagenfahrer nahm sie mit bis nach Przasynz, der habe sie dann aber auch hinausgeworfen irgendwo zwischen den Dörfern, weil sie nicht wollte, was er wollte, und dann sei sie gegangen, einfach der Straße nach, von einem Schlagloch ins nächste gestolpert. In einer Kirche habe sie sich ausruhen wollen, da sei sie eingeschlafen, am Morgen habe sie gesehen, dass es eine Friedhofskapelle war. Als sie ihr Gesicht am Brunnen wusch, kam der Totengräber, der war so alt, dass sie beschloss, vor ihm keine Angst haben zu müssen. Er holte ein Stück Brot aus der Tasche seines Kittels, brach es in zwei

Teile und reichte ihr eine Hälfte. Unter seinen Fingernägeln war schwarze Erde, Friedhofserde, aber sie war so hungrig, dass sie das Brot nahm. Woher sie komme, fragte er, und wohin sie unterwegs sei. Weg, sagte sie, da nickte er, als wäre damit alles gesagt. Sie saß auf der Mauer, während er das Grab schaufelte, dann fuhr sie mit ihm auf seinem Leiterwagen ins Dorf. Sein Pferd war eine Stute mit glänzendem rotbraunem Fell.

Bärbel streckte die Hand aus und fuhr Hanka über den Kopf. Hanka rutschte auf dem Boden näher zu ihr, lehnte schließlich ihren Rücken an Bärbels Beine, schloss die Augen und hielt ganz still unter den Streichelhänden.

Sie schreckten erst auf, als der große Dicke in der Küchentür stand und höflich fragte, ob er noch etwas bestellen könne. Die Glocke aus dem Extrazimmer hatten sie überhört. Alban übernahm es, sich für alle zu entschuldigen. Der Dicke sagte, das sei kein Problem.

Hanka fuhr sich durch die Haare, als wäre sie eben aufgewacht. Lisa legte ihr die Hand auf die Schulter. »Bleib nur. Wir schaffen das zu zweit.« Hanka nickte, rollte sich zusammen wie ein junger Hund und schlief ein.

Andreas, 61

Ich hätte Vreni nicht mitnehmen sollen, für sie muss das ja noch weit fürchterlicher sein als für mich. Andererseits macht sie mich oft genug wahnsinnig mit ihren bohrenden Fragen nach meiner Vergangenheit, meine Gegenwart genügt ihr nicht, was immer das bedeuten mag, nichts Schmeichelhaftes für mich, fürchte ich. Dieses Panoptikum gehört zu meiner Vergangenheit, ob ich will oder nicht. Ich hatte irgendwann gedacht, ich hätte sie hinter mir gelassen. Da kann ich nur hohl lachen. Aber was mich wirklich wahnsinnig macht, ist Mutters Dienstbeflissenheit gegenüber diesen Lemuren, die sie ihr Leben lang nichts als ausgenützt haben. Ich kann ja noch mit Nachsicht aller Taxen, aber wirklich mit Nachsicht aller Taxen, verstehen, dass sie Edith dankbar ist, Edith hat ihr einmal geholfen, ja, ich weiß, wie oft hab ich das gehört, bis zum Erbrechen oft, ohne Edith wäre sie ganz verloren gewesen in der Schwangerschaft, aber Herrgott, für diese Hilfe hat sie mit lebenslänglicher Dienst- und Dankbarkeit bezahlt, lebenslänglich für ein paar Monate Beistand, das ist doch weiß Gott unverhältnismäßig. Treue bis zum Tod. Schrecklich eigentlich, aber gut, das war ihre Sache. Den Töchtern gegenüber besteht nicht der allergeringste Anlass zu Dankbarkeit. Wenn da jemand dankbar sein sollte, dann sind sie es, ohne Mutter hätte Edith seit langem nicht mehr im großen Haus wohnen können. Mir kommt die Galle hoch, wenn ich daran denke, dass Edith Mutter erst vor zehn Jahren angemeldet hat, und keineswegs rückwirkend, also hat sie mehr als fünfundsechzig Jahre für diese Familie gearbeitet und bekommt nicht einmal eine Mindestrente. Aber Mutter hat sich bei Edith bedankt, als wäre es ein Geschenk, dass sie mit fünfundfünfzig Jahren Verspätung und einem Lohn, den man nur als Beleidigung bezeichnen kann, legalisiert wurde. Nach fünfundsechzig Jahren fleißiger Arbeit hat sie mit großer Wahrscheinlichkeit in Bälde nicht einmal ein Dach über dem Kopf. Selbstverständlich kann sie bei uns wohnen, darum geht es nicht, bei uns ist immer Platz für sie, da ist Vreni mit mir völlig einer Meinung, aber für einen Menschen, der sein Leben lang gearbeitet hat, ist es kaum angenehm, auf andere angewiesen zu sein, auch wenn es der eigene Sohn ist. Im Grunde müsste man ja auch bedenken, dass es nicht nur um sie geht, es betrifft mich genauso, ihr großzügiger Verzicht geht weitgehend zu meinen Lasten. Aber daran hat sie wohl keinen Gedanken verschwendet, wenn es um die Karmanns geht, ist alles andere nebensächlich. Oft und oft habe ich ihr gesagt, die Dinge müssen geklärt werden, ich habe ihr auch angeboten, mit Edith zu reden, aber sie ist ja in gewisser Hinsicht dickköpfig wie eine Dreijährige, suhlt sich geradezu in ihrer Weltfremdheit, dass sie mich damit in eine Zwangslage bringt, würde ihr nicht im Traum einfallen. »Edith hat gesagt, ich bin für sie wie eine Schwester, sogar mehr als eine Schwester, es wäre ein Vertrauensbruch, von ihr etwas Schriftliches zu verlangen. Das ist ein Vertrag auf Gegenseitigkeit, verstehst du nicht, sie weiß, was ich ihr wert bin, und ich weiß, was sie mir wert ist. Nie wird sie mich im Stich lassen, nie.« Ich bin neugierig, ob Edith wenigstens so viel Anstand gehabt hat, eine Regelung für Mutter zu treffen, aber dazu müsste sie zunächst einmal anerkannt haben, dass sie genauso sterblich ist wie der Rest der Menschheit, und irgendwie kann ich mir nicht vorstellen, dass sie sich je so weit in die Niederungen bewegt hat. Sie war eine bemerkenswerte Frau, gewiss, aber ihr Hochmut war vielleicht noch bemerkenswerter. Manchmal habe ich den Eindruck, dass diese ganze Familie zwischen mir und meiner Mutter steht, dass diese Leute ihr Lebensmittelpunkt sind und immer waren. Edith natürlich vor allen anderen, immer nur Edith … Ich weiß, ich verdanke ihr wahrscheinlich mein Leben, ohne sie wäre Mutter damals vielleicht nicht durchgekommen, aber andererseits bin ich ziemlich sicher, dass dieser Clan ohne Mutter nicht durchgekommen wäre. Selbstverständlich bin ich Edith dankbar, Herrgott, schon als Dreijähriger musste ich im besten Sonntagsstaat mit einem Blumenstrauß in der Hand diese grauenvollen Verse aufsagen und lebenslängliche Dankbarkeit beteuern. Lebenslänglich bedeutet verdammt noch einmal bei guter Führung fünfzehn Jahre. Mehr als viermal fünfzehn Jahre lang war Mutter bereits dankbar, und ich auch, jedenfalls dreimal fünfzehn Jahre lang, das müsste nun wirklich genügen. Meiner Mutter ist überhaupt nicht klar, dass sie mit ihrer ewigen Rücksichtnahme dieser Familie gegenüber mich belastet, wenn sie nicht für ihre eigenen Interessen eintritt, wird das letztlich nur eine Erpressung mir gegenüber. Mutter leidet, wenn sie die Tischmanieren meiner Söhne sieht. Ich leide noch sechzig Jahre später darunter, wie sie mir meine Tischmanieren beigebracht hat. Man kaut nicht mit offenem Mund. Man spielt nicht mit dem Essen. Man hält die Gabel nicht wie ein Bauer. Man schmatzt nicht. Man schlürft nicht. Man nimmt nicht so große Bissen. Man wetzt nicht auf dem Sessel herum. Bis jede Mahlzeit eine Tortur war. Selbstverständlich hätte ich es nicht in Worte fassen können, aber ich spürte genau, dass ihre Menschenwürde von meinen Tischmanieren abhing. Nicht nur den Tischmanieren, meinem Benehmen überhaupt. Der perfekte Sohn als ihre Rechtfertigung vor der Welt, und vor der Familie im Besonderen. Familie in Großbuchstaben, Familie per se, das waren immer die Karmanns, nie wäre sie auf die Idee gekommen, sie und ich wären eine Familie. Verdammt, Familie in ihrem Mund roch nach »von Familie« wie in Kolportageromanen. Von Familie, hoch über allen anderen. Tut mir leid, ich bin nicht perfekt, aber sie sind es auch nicht, keiner von ihnen. Wie denn auch. Ich soll mich nicht aufregen, hat mein Arzt gesagt, der hat leicht reden, kennt die Karmanns nicht. Warum zum Kuckuck verfalle ich in die alten Muster, immer noch, obwohl ich inzwischen ja nun wirklich auch Bestätigung dafür erfahren habe, dass ich ein durchaus nützliches Mitglied der Gesellschaft bin – mehr als die meisten, die hier sitzen, von sich behaupten können, das ist einmal sicher –, und trotzdem fühle ich mich, als stünde ich unter Beweisnotstand, was keineswegs der Fall ist. Eigentlich könnte ich darüber lachen, dass ausgerechnet ich vor diesen Leuten stehe wie ein schlecht vorbereiteter Maturant vor der Prüfungskommission. Was habe ich Raffael und Thomas beneidet, auch Anna und Theresa, für ihre Weltläufigkeit, wie selbstverständlich sie sich überall bewegten, für diese – ja, so ungern ich es sage, diese natürliche Überlegenheit. Was war ich für ein lahmer Ackergaul neben diesen Vollblutrennpferden, gehemmt in jeder Bewegung, stur büffelnd, ein braver, etwas übergewichtiger Schüler. Einmal bei Ediths Geburtstag bückte ich mich, um die Serviette meiner Nachbarin aufzuheben, ich glaube, es war Lilly, aber egal, und sah die ganze Gesellschaft aus der Perspektive unterm Tisch, Schuhe, Hosenbeine, Waden. Zwischen italienischen Mokassins, F.T.s handgenähten Brogues, den Stiefeletten der Damen, meine breiten, klobigen Schuhe. Zweimal ist mir die Serviette aus der Hand gerutscht und ich musste mich ein zweites und drittes Mal bücken. Ich sehe noch, wie Annas rechte Augenbraue immer höher wanderte.

Wie komme ich dazu, ein schlechtes Gewissen zu haben, weil Rainer versucht, mit Ketchup seinen Namen aufs Tischtuch zu schreiben. Was erwartet man denn vom Enkel eines vierzehnjährigen Flakhelfers und eines Dienstmädchens? Ich gehöre nicht zu dieser Familie, und ich bin stolz darauf. Ist ja gut, Vreni. Wie warm deine Hand ist. Bitte lass nicht zu, dass ich dich vertreibe mit meinem Talent zu Missmut und Unzufriedenheit. Du glaubst manchmal, ich wäre mit dir unzufrieden. Herrgott, Vreni, du bist das Einzige in meinem Leben, womit ich nie, nie, nie unzufrieden war. Warum kann ich dir das nicht sagen?

Ich will ja von dir lernen, leicht und fröhlich zu sein, Vreni. Hab Geduld mit mir. Manchmal schüttelt mich die Angst, du könntest weggehen, weil ich dir zu düster bin, zu schwer, zu, ja, doch auch zu alt. Weißt du, worauf ich jetzt Lust hätte? Den Finger in Rainers Ketchup zu tauchen und deinen Namen aufs Tischtuch zu schreiben.

Eine Sekunde lang hätte ich mir fast eingebildet, du wärst kurz auf Besuch in meinem Kopf gewesen, Vreni, du hattest so ein verschmitztes Lächeln in den Augenwinkeln. Dann hab ich verstanden, dass du Patricia zugehört hast. Ich wüsste gern, was sie zu dir gesagt hat, aber das kann ich ja nun wirklich nicht fragen.

Louise, 80

Jetzt hast du doch nicht erlebt, dass die Betty Uprichard blüht, die du mir geschenkt hast. Gestern ist die erste Knospe aufgegangen, du hättest deine Freude daran gehabt. Was war das für ein wunderbarer sonniger Vorfrühlingstag, als wir in die Rosengärtnerei fuhren. Dieses unvergleichlich strahlende Licht, in den eigenen Adern habe ich gespürt, wie der Saft in den Zweigen hochsteigt. Als einzige Gäste sind wir in Mantel, Schal und Handschuhen vor der Konditorei in der Sonne gesessen, natürlich war es noch zu kalt, aber um nichts in der Welt wären wir hineingegangen, gekudert haben wir wie zwei Backfische über die Blicke, mit denen uns die Vorübergehenden gemustert haben. Du hast ein Punschkrapferl bestellt, rosa passend zur Rose, hast du gesagt, obwohl du Punschkrapferln nicht leiden konntest, viel zu süß, hast du gesagt, und viel zu politisch, aber es gab keine rosarote Torte ohne braunes Innenleben.

Ich bin neugierig, was sie dir aufs Grab pflanzen werden. Vielleicht sollte ich mit Stefanie und Friederike darüber reden, ich bin nicht sicher, ob die wissen, dass du Eispelargonien genauso schrecklich gefunden hast wie ich. Stiefmütterchen würden dir gefallen, in allen Farben gemischt, aber die werden sie wohl nicht nehmen, weil sonst jemand denken könnte, sie hätten dich als Stiefmutter betrachtet. Sie haben oft so seltsame Anwandlungen. Dieses Jahr wird das Grab noch ziemlich traurig aussehen, es dauert ja so lange, bis sich die Erde richtig setzt. Ich hätte am liebsten Ableger aus dem

Garten auf meinem Grab, ein schönes, buntes Durcheinander wie in alten Bauerngärten, wo seit vielen Jahren Samen von Gott weiß wo gelandet sind. Aber das ist leider gar nicht leicht herzustellen, und wer wird sich schon um mein Grab kümmern? Ist weiter nicht schlimm, was mich viel mehr stört ist die Tatsache, dass mein Garten womöglich nach meinem Tod geordnet und begradigt wird, dass Gänseblümchen, Ehrenpreis, Männertreu, Löwenzahn ausgerottet werden, dass die armen Raupen von Pfauenaugen und Admiralen weit und breit keine Brennnessel finden und Hungers sterben werden, und wer immer alles ausrupft, ausgräbt, wegwirft, wird auch noch höllisch stolz sein, weil er – oder eher sie – endlich Ordnung geschaffen hat im Chaos, das die Alte hinterlassen hat. Das tut weh. Den Garten hätte ich gern weiterhin gepflegt. Wenn ich den David anschaue oder die Patricia, die würden den Garten zwar in Ruhe lassen und nichts ausrotten, aber sie würden Vernachlässigung mit Naturnähe verwechseln, und alles würde von Brombeerranken überwuchert, unglaublich schnell geht das. Gibt es wirklich nur die Wahl zwischen steriler Ordnung und Wildwuchs? Damit dein Garten so aussieht, als hättest du ihn ganz sich selbst überlassen, steckst du mehr Arbeit hinein als jede ordentliche Gärtnerin, hat Ditta einmal zu mir gesagt. Ganz verkehrt war das nicht. Das Schönste sind ja dann die Überraschungen, wenn plötzlich eine Knospe aufgeht, die du nicht kennst, an einer Pflanze, die du nicht gesät hast, ein Geschenk des Himmels im wahrsten Sinn des Wortes, von Vögeln gebracht oder vom Wind.

Ein Geschenk des Himmels. Die Freundschaft mit dir, Ditta, war auch ein Geschenk des Himmels, ein unerwartetes. Mit über siebzig schließt man doch keine Freundschaften mehr. Jahrelang waren wir nebeneinander im Konzerthaus gesessen, hatten einander zugenickt, wenn wir unsere Plätze einnahmen, hatten einander nach dem letzten Abonnementkonzert einen schönen Sommer gewünscht. Ich weiß nicht mehr, was an diesem Abend gespielt wurde. Merkwürdig, Pflanzennamen vergesse ich nie, deutsch und lateinisch, sosehr ich Musik liebe, weiß ich oft hinterher nicht einmal, von welchem Komponisten ein Stück war. Dabei brauche ich das Programm in der Hand, es frustriert mich, wenn ich nicht weiß, was ich da höre, aber schon auf dem Heimweg hängt nur mehr ein Rest Melodie im Ohr, den ich nicht nachsingen könnte, was wahrscheinlich ein Segen ist. Ich sitze also im Großen Konzerthaussaal, 24. Reihe links Platz 5 wie immer, bin ganz da – das ist das Seltsamste an meinem Umgang mit der Musik, so lange ich sie höre, bin ich ganz drin und ganz bei mir, ich glaube, so eine Gegenwart wie die in einer Symphonie oder in einem Konzert, die gibt es sonst gar nicht auf der Welt, weil doch alle andere Gegenwart von Vergangenheit und Zukunft eingequetscht wird – ja, und da kam diese Stelle, wo das Fagott sich immer wieder einmischte in das höfliche Gespräch der Instrumente, so hartnäckig und besserwisserisch, eine köstliche Karikatur, und ich musste lachen, je mehr ich es zu unterdrücken versuchte, umso heftiger schüttelte es mich, ringsum spürte ich schon strafende Blicke, da hast du mich mit dem Ellbogen geschubst und zu glucksen begonnen. An der Straßenbahnhaltestelle am Ring haben wir Adressen ausgetauscht.

Ich würde ja anbieten, dass ich mich um Dittas Grab kümmere, aber wer weiß, wie lange ich das noch kann, mein Kreuz spielt sowieso verrückt, ich hoffe nur, dass ich mich gestern zu oft gebückt habe und es wieder vorbeigeht. Ich kann einfach nicht glauben, dass du in diesem Grab liegst, Ditta. Wir wollten doch zu den Zieseln fahren, du und ich und Alfred, am nächsten Sonntag. Du hast noch gefragt, ob ich mich überhaupt traue, zu Alfred ins Auto zu steigen, weil seine Fahrweise doch sehr viel jugendlicher ist als seine Reaktionen. Davor brauchst du dich jetzt nicht mehr zu fürchten. Du brauchst genau genommen vor gar nichts mehr Angst zu haben, und deine beiden Töchter werden nie mehr sagen müssen, wie schlecht ihnen wird bei dem Gedanken, dass du eine Straße überquerst, weil du dich zwischen die Autos stürzt wie in einen Fluss. Wie oft bin ich zwischen hupenden, schimpfenden Fahrern in deinem Kielwasser über die Straße gegangen. Immer hast du darauf hingewiesen, dass zwar der eine oder andere Bremsbelag möglicherweise etwas gelitten und arg gequietscht, aber noch nie Blech gescheppert hätte, es also keine Auffahrunfälle gegeben habe. Was man tatsächlich als Wunder betrachten muss. Wie waren wir alle erleichtert, als dir die Augenärztin das Autofahren verboten hat, und wie warst du wütend! Nie wieder gehst du zu dieser gerontophoben Person, hast du gewettert, ihre Angst vorm Altwerden tobt sie in Abneigung gegen alte Menschen aus. Gerontophob. Dieses Wort habe ich auch nur von dir gehört, ich habe fast den Verdacht, du hast es selbst erfunden. Übrigens bist du drei Monate später wieder zu dieser Augenärztin gegangen. Wenn mich nicht alles täuscht, hast du deinen Fiat David geschenkt, aber bei der nächsten Überprüfung bekam das Auto kein Pickerl mehr, was dich sehr amüsiert hat.

Alfred sieht krank aus. Natürlich ist er traurig, ich bin auch traurig, obwohl es noch nicht wirklich bis zu mir durchgedrungen ist, dass Ditta gestorben ist, aber Alfreds Trauer ist eine andere. Keine Ahnung, woher ich das weiß, ich weiß es einfach, dabei kenne ich ihn gar nicht besonders gut. Was heißt kenne, ich habe ihn fünf-, sechsmal getroffen bei Ditta, wir haben Kaffee getrunken und uns angeregt unterhalten, worüber eigentlich? Interessant war es jedenfalls, und wir haben auch herzlich gelacht. Du hattest rosarote Backen, Ditta, und deine Augen haben gestrahlt. Wenn du einer Idee auf der Spur warst, wenn ein gemütlicher Tratsch sich zu einem Gespräch entwickelte, wenn dich ein vertrauter Mensch mit einem Gedanken überrascht hat, dann flammte dieses Strahlen auf wie ein Scheinwerfer auf einer dunklen Bühne. Genauso plötzlich konntest du es auch abdrehen mit einem kurzen Kopfschütteln, wenn man gleich darauf etwas sagte, das dir missfiel. O ja, Edith Karmann, du hattest die Fähigkeit, einem das Gefühl zu geben, man wäre gewachsen, klüger, interessanter, bedeutender geworden, hast einen aber auch, manchmal ohne Übergang, schrumpfen und kopfüber in schwarze Löcher stürzen lassen. Unheimlich, welche Macht du hattest. Ich kann mir nicht vorstellen, dass die einfach verschwunden ist, in Nichts aufgelöst. Ich kann mir auch nicht vorstellen, dass du sie vererbt hast an eine oder einen von deinen Nachkommen. Diese Macht war so real, so greifbar, auch wenn ich immer schon den Verdacht hatte, dass du sie von anderen bezogen hast. Du warst groß, weil wir dich für groß hielten und groß brauchten. Aber nicht, weil du die anderen, uns andere, klein brauchtest, das war es nicht. Der Mantel, den du trugst, fiel schwer und fest von deinen Schultern, hättest du ihn abgelegt, wäre der Stoff zerfallen wie von Alter und Motten zerfressen. Genau, das ist es, es geht gar nicht darum, ob er zu groß wäre. Auf deinen Schultern hat es ihn wirklich und wahrhaftig gegeben, da konnte er sogar wärmen und notfalls anderen Unterschlupf bieten, aber eben nur auf deinen Schultern. Eine Wasserpflanze auf dem Trockenen ist schließlich nicht mehr als ein wenig Schleim und bald darauf noch weniger Staub. Du würdest mich schrecklich auslachen, wenn ich dir sagte, dass ich nie auch nur die Möglichkeit in Erwägung gezogen habe, du könntest sterben, und noch dazu vor mir. Ich würde mich nicht wundern, wenn du plötzlich hereinkämst und »April, April!« riefst, obwohl doch schon Juni ist. Alfred sieht wirklich schlecht aus. Ich kann mich nicht erinnern, dass er Ticks hatte, aber er leckt sich ständig die Lippen, verzieht den Mund, räuspert sich, umkreist seine Nase mit dem Zeigefinger der rechten Hand, das passt gar nicht zu ihm. Und wie er auf seinem Stuhl herumrutscht. Hat er Hämorrhoiden? Ich muss ihm sagen, dass Sitzbäder mit Eichenrindentee Erleichterung bringen. Allerdings bin ich ganz und gar nicht sicher, dass ich mich das trauen würde. Genauso wenig, wie ich sicher bin, ob ich mich traue, ihn einzuladen. Er kommt mir so schrecklich einsam vor. Am Ende würde er eine Einladung missverstehen? Ich glaube, ich sage ihm, dass ich ihm die Betty Uprichard zeigen möchte, die du mir geschenkt hast und die zum ersten Mal blüht. Weil ich sie dir ja nicht zeigen kann. Vielleicht freut er sich sogar.

Hanka räkelte sich, sprang auf und verkündete mit Blick auf ihre Armbanduhr, dass sie in zwanzig Minuten Sperrstunde hätten und sie abgeholt würde. »Zu Deutschkurs«, fügte sie mit Blick auf Alban hinzu, »du weißt, Deutschkurs sehr wichtig.« Er solle bitte schön hineingehen und fragen, ob sie noch irgendwelche Wünsche hätten, dann würden sie vielleicht mit Glück gehen, bevor das Gewitter losbreche. Niemand könne ihr weismachen, dass es kein Gewitter geben würde, dafür habe sie ein untrügliches Gefühl, das einzige Erbstück von ihrer Großmutter, das ihr geblieben sei, und Lisa müsse gar nicht so überlegen grinsen, sie werde schon noch sehen. Den anderen würde sie keine Träne nachweinen, aber die zwei kleinen Buben, die könnten doch nichts dafür, um die kümmere sich auch keiner, seit einer Stunde schon kröchen sie unter dem Tisch herum und ihr Vater starre nur vor sich hin und die Mutter sitze da und studiere ihre Hände, was sei das für eine Mutter, bitte schön, und der Kleinere habe eine Rotzblase so groß vor der Nase. Sie breitete die Arme aus, zeigte etwa die doppelte Größe eines Fußballs. Alban schüttelte milde den Kopf. »Übertreibt man zu groß, glaubt niemand mehr als Hälfte von wahr.« Hanka drehte ihm den Rücken zu. Die Köchin hob die Brauen und gab ihm einen Wink mit den Augen. Er schüttelte das karierte Trockentuch auf seinem linken Unterarm aus, legte es sorgfältig gefaltet wieder an seine Stelle und begab sich ins Extrazimmer, ein Mann mit einer Mission.

Eberhard, 73

Gleich haben wir es überstanden. Nicht so, wie du es überstanden hast, ma belle mère, aber immerhin. Und mit einigem Anstand, jetzt einmal abgesehen von dem Auftritt meines Ex-Schwiegersohnes. Anna hätte den Kerl nie heiraten dürfen, ich war ja von Anfang an dagegen, aber wer hört heutzutage schon auf seinen Vater? Wie gern ich auf meinen Vater gehört hätte. Nicht einmal eine richtige Erinnerung habe ich an ihn, nur ein verschwommenes Bild, wo er mich hochhebt und im Kreis schwenkt, ich glaube, das muss von einem seiner zwei Heimaturlaube sein. Wieso habe ich die Zeit vergessen vor meinem fünften Geburtstag, als er noch jeden Abend nach Hause kam? Andere Leute haben sogar Erinnerungen, die bis in ihr zweites Lebensjahr zurückgehen. Behaupten sie jedenfalls. Es ist wohl schwer festzustellen, was echte Erinnerungen sind und was man selbst gebastelt hat aus Geschichten und Fotos. Wenn meine Mutter, selten genug, von meinem Vater sprach, dann so, als hätte es mich nicht gegeben. Woran ich mich genau erinnere, das ist der Mann in Uniform, den ich vom Fenster aus sah. Ich rannte zu meiner Mutter und rief: Der Papa kommt! Es war aber der Kamerad, der seine Erkennungsmarke brachte, seine Uhr und einen braunen, ziemlich dicken Umschlag. Als er gegangen war, saß meine Mutter am Küchentisch, starrte mich an und wiederholte immer wieder: Wie hast du mir das antun können? Damals glaubte ich, sie meinte mich, ich sei schuld an Vaters Tod »auf dem Felde der Ehre«. So sagte man damals, ganz ohne Ironie. Nie *auf dem Feld*, immer *auf dem Felde*. Ein einziges Mal habe ich den braunen Umschlag aus ihrer Wäschelade genommen, aber bevor ich ihn aufmachen konnte, riss sie ihn mir aus den Händen und verprügelte mich zum ersten und einzigen Mal. Wenn ich mich hier umschaue, frage ich mich, ob die Jungen überhaupt zu unseren Beerdigungen gehen werden. Sie besuchen uns ja so gut wie gar nicht mehr, zum letzten Geburtstag bekam ich gerade noch eine Karte *Liebe Grüße, Anna*, von Thomas kam am nächsten Tag eine SMS. Manchmal frage ich mich, wozu wir gearbeitet, wofür wir gelebt haben. Hinter uns die Sintflut? Nein, nein: Vor uns die Sintflut. Das trifft es besser, nicht nur wegen der Klimakatastrophe, die uns ja buchstäblich damit droht. Ditta, du hast es gut. Was ist es, das uns daran hindert, in deine Fußstapfen zu treten? Ich habe einmal einen Film gesehen, den Titel habe ich natürlich vergessen, da hat ein sterbender Vater in seinem Krankenhauszimmer seine Kinder der Reihe nach angeschaut, genickt und gesagt: Es war gut. Ich hab nasse Augen bekommen, wenn ich nur daran denke, könnte ich heute noch heulen. Wozu sollte ich sagen, dass es gut war? Zu meiner Frau, die mich verachtet, es hat keinen Sinn, sich etwas vorzumachen, ich weiß, sie verachtet mich, zu Anna, die immer tiefer in ihre Verbitterung einsinkt, zu Thomas, der alles beginnt und nichts zu Ende führt, zu Jonathan, der sein Talent vergeudet, statt es zu nutzen, zu Marco, der nicht einmal bereit ist, zum Begräbnis seiner Urgroßmutter zu kommen? Patricia, ja, aus der könnte etwas werden, vor allem ist sie lebendig im Gegensatz zu den anderen, aber sie geht mir aus dem Weg, will nichts von mir wissen. Ich bin nur froh, dass ich mich damals nicht selbstständig gemacht habe, sonst müsste ich heute zusehen, wie mein Lebenswerk vor die Hunde geht. Der Staat geht zwar auch vor die Hunde, aber daran ist wenigstens nicht mein Fleisch und Blut schuld, das haben andere besorgt. Es wird nicht lang dauern nach meinem Tod und sie werden vergeudet haben, was ich ihnen hinterlasse. Eigentlich sollte ich das Tierschutzhaus als Erben einsetzen oder von mir aus die Hilfsgemeinschaft verwaister Großväter, wenn es so etwas gibt. Sollte es, vielleicht gründe ich sie als e. V. Wenn ich es mir genau überlege, wird wahrscheinlich Claudia die Einzige sein, die einmal ehrlich um mich trauern wird. Ich weiß nicht, was ich ohne sie gemacht hätte, ohne ihre Verlässlichkeit, ihre Tüchtigkeit, ihre Kritikfähigkeit auch, die nie verletzend war, ohne die Anerkennung, die ich bei ihr fand. Manchmal frage ich mich, was geworden wäre, wenn ich mich hätte scheiden lassen und sie geheiratet hätte. Jeder braucht jemanden, der an ihn glaubt. Und Claudia ist die Einzige, die immer an mich geglaubt hat. Natürlich sind alle fest überzeugt, dass ich mit ihr ein Verhältnis habe. Es wundert mich ja selbst, dass dem nicht so ist. Nicht, dass sie mich in der Hinsicht kaltließe, aber irgendwie war da immer eine Grenze. Ein einziges Mal habe ich sie in den Armen gehalten, als sie mitten im Diktat die Nachricht bekam, dass ihr Bruder verunglückt war. Eigentlich haben wir etwas versäumt, ich ganz sicher. Wenn ich es so recht bedenke, habe ich viel versäumt. Einen Baum habe ich gepflanzt, ein Haus gebaut, einen Sohn habe ich gezeugt. Es heißt, das würde genügen. Warum fühle ich mich dann so leer? Ein erfülltes Leben hat Ditta gehabt, sagte der Pfarrer. Ob sie selbst das auch so gesehen hat? Und ist es köstlich gewesen, dann ist es Mühe und Arbeit gewesen. Denn alles Fleisch, es ist wie Gras. Wie kommt der Brahms in meinen Kopf? Es ist Jahre her, seit ich das Deutsche Requiem gehört habe. Ich will euch trösten, wie einen seine Mutter tröstet. Meine Mutter hat mich nie getröstet. Reiß dich zusammen, ein Indianer weint nicht. Wie hart sie war, aber es ist ihr wohl nichts anderes übrig geblieben, mit einunddreißig Witwe, eine winzige Pension und eine Schwiegermutter, die sich nach dem Tod ihres einzigen Sohnes ins Bett gelegt hat und nicht mehr aufgestanden ist. Mutter hat sie gehasst und aufopfernd gepflegt, bis sie endlich mit über neunzig gestorben ist, da war ich schon verheiratet. Jahre nach Großmutters Tod klebte mir der Geruch von Pisse vermischt mit Desinfektionsmitteln und Möbelpolitur immer noch in der Nase, wenn ich meine Mutter besuchte, obwohl sie ja nun wirklich tagein, tagaus schrubbte und putzte. Da konnte ich mich schnäuzen und Wasser hochziehen und wieder ausprusten, es half alles nicht. Wenn ich in ein Pissoir gehen muss oder nur im Park daran vorbeikomme, fällt mir meine Großmutter väterlicherseits ein, das ist doch nicht normal. Wie oft habe ich Mutter angeboten, eine andere Wohnung für sie zu finden, sogar einen Anbau an meinem Haus wollte ich für sie machen mit eigenem Eingang, aber sie ließ sich nicht beirren in ihrer Opferrolle. Auf mich braucht ihr gar keine Rücksicht zu nehmen. Wie oft ich das gehört habe, die geballten Fäuste tief in die Hosentaschen gesteckt. Ganz zum Schluss genoss sie es, umsorgt zu werden, die letzten Wochen im Krankenhaus waren ihre besten seit vielen Jahren, trotz der Schmerzen hat sie beinahe glücklich gewirkt. Die Schwiegermutter hat ihr nie verziehen, dass sie ihr den Sohn weggenommen hatte, sagte sie, aber um ihr den Hintern zu putzen und die Zahnprothese, dazu war sie gut genug. Dem ewig unzufriedenen Nörgeln und Geschimpfe habe sie einen halblaut gebeteten Rosenkranz entgegengesetzt und dann und wann ein unerträglich süßes Ja, Mamá, Selbstverständlich, Mamá, Wie du willst, Mamá. Natürlich hätten alle Besucher, und es gab viele anfangs, ihre engelhafte Geduld und Selbstverleugnung gepriesen und der Alten ans Herz gelegt, wie glücklich sie sich schätzen müsse. »Dann musste sie zähneknirschend betonen, wie dankbar sie mir war, das muss ihr schrecklich schwergefallen sein. Als es aufs Ende zuging, hat sie vielleicht auch verstanden, dass das meine Form der Rache war. Wenn es ein Wiedersehen gibt drüben, dann kann dein Vater mir nichts vorwerfen, er nicht.« Sie lächelte listig, und ich bin fast erstickt an der ungestellten Frage, ob sie je auch an mich gedacht hat. »Ich habe meine Pflicht getan, da kann ich mir nichts vorwerfen«, sagte sie, und mir stellten sich die Haare im Nacken auf. So ein Satz wäre Ditta nie über die Lippen gekommen. Vielleicht war ich deshalb so gern bei ihr, sie konnte sich freuen über ein paar Blumen, über die italienischen Mandelmakronen, die sie so gern aß – und im Gegensatz zu meiner Mutter schimpfte sie nie darüber, wie teuer die waren. Sie freute sich einfach, genauso wie über eine Tasse Tee, eine Anekdote. Wem werde ich jetzt den Gesichtsausdruck des Totengräbers zu schildern versuchen, als er niesen musste und die Erde auf seiner kleinen Schaufel in alle Richtungen wegspritzte? Nach links und rechts hat er den Kopf gedreht und sehr empört dreingeschaut dabei, als wollte er feststellen, wer sich da so ungebührlich verhalten hatte. Claudia würde das nicht komisch finden, leider, und Friederike erst recht nicht. Arme Friederike. Sie hat von ihrer Mutter nur die lange Nase geerbt. *Looking down one's nose*, sagen die Engländer. Finde ich viel anschaulicher als unsere Phrase »von oben herab«. Da könnte es sich schließlich auch um einen wohlwollenden Blick auf kleine Kinder handeln, die auf dem Teppich spielen. Das wäre wieder eine Bemerkung für Ditta gewesen, sie hätte mir dafür ein schiefes Grinsen geschenkt und die Brauen gehoben. Ich brauche einen Cognac.

Alban betrachtete kopfschüttelnd den Kübel voll mit Essensresten und stellte wieder einmal fest, dass man damit mindestens drei Schweine füttern könnte. Seiner Großmutter hätte diese Verschwendung das Herz gebrochen, sagte er, aber in diesem Land werfe man in einem einzigen Gasthaus in einer Woche mehr in den Müll, als ein ganzes Dorf bei ihm zu Hause für ein Festessen gebraucht hätte. Bärbel war durchaus seiner Meinung. Als sie ein Lehrling war, hätte ein Bauer jeden zweiten Tag die Kübel abgeholt mit seinem Pferdewagen, aber heute sei das alles verboten. »Eine Sünde ist das. Ihr kennt doch die Sage von der vereisten Alm?« Lisa widerstand der Versuchung, darauf hinzuweisen, dass sie die Geschichte schon oft genug gehört hatte, um sie wortwörtlich mitsprechen zu können.

Alban stand auf einem Bein, wechselte auf das andere.

»Tun dir die Füße wieder weh?«, fragte Bärbel mitten im Text, als gehöre es zu ihrer Geschichte.

Er zuckte mit den Schultern.

»Morgen bring ich dir eine Salbe mit Weinlaub, das hilft. Und dann erhob sich ein ungeheurer Sturm, es blitzte und donnerte und hagelte und Schnee und Eis bedeckten die grünen Wiesen und die Frevler erstarrten zu Stein.«

»Frevel«, wiederholte Alban und trug die vollen Kübel hinaus.

Alfred Schreiber, 91

Wenn ich nicht bald aufstehe und sage, was mir Ditta aufgetragen hat, sind die Ersten längst gegangen, bevor ich anfange. Es kommt mir alles so unwirklich vor, diese Reihe von Gesichtern, der junge Mann hat sich Dittas Nase angeeignet, das muss Patricia sein, die aus Dittas Augen skeptisch um den Tisch blickt, der da drüben sieht ihr überhaupt nicht ähnlich, aber er trägt den Kopf wie sie, neigt sich zu seiner Nachbarin wie sie. Ich bin wütend auf alle, die ein Stück von ihr tragen, als stünde es ihnen zu, es ist mir völlig klar, wie lächerlich mein Zorn ist, natürlich ist Ditta nicht deshalb abwesend, weil andere mit ihrer Nase, ihren Augen, ihren Gesten herumlaufen. Niemand hat sie bestohlen, das ist Unsinn, aber diese ganze Gesellschaft ist zusammengehalten durch Ditta, und eine Abwesenheit im Zentrum, das geht doch nicht, im Zentrum muss etwas sein, nicht diese Leere. Ich bin in eine Versammlung von Schatten geraten. Es hat sich längst nicht bis zu mir durchgesprochen, dass Ditta nicht mehr lebt. Sie, die so lebendig war, die allem um sie herum Leben eingehaucht hat. Es interessiert mich überhaupt nicht, ob man mich dafür als Romantiker belächelt. In meinem Alter hat man das Recht, romantisch zu sein, und wenn das jemand als dritte Pubertät sehen will, bitte sehr, bedienen Sie sich, kein Problem.

Warum fühle ich mich wie im Zug? Als wären diese Leute meine Reisegenossen auf einer Fahrt, von der keiner weiß, wohin sie führen soll. Anfang April saßen wir im Zug einander gegenüber. Ich habe deine spitzen Knie gespürt, Ditta, wenn du dich vorgebeugt hast, in den Adlitzgräben blühten die wilden Kirschen und der Weißdorn, auf den Hängen tanzten die zarten Zweige der kaum grün angehauchten Lärchen und Birken mit dem Wind. »Du musst im nächsten Tunnel die Augen schließen«, hast du gesagt. Seltsam war das, als ich die Augen schloss, sah ich meine Iris, graue Strahlen stürzten in die schwarze Pupille, begannen sich in einem wilden Strudel zu organisieren, drehten sich um diese Mitte. Plötzlich wurde alles rot, die Strahlen tauchten wieder auf, flohen aber von der Mitte nach außen. Ich weiß nicht, warum das bedrohlich war, ich riss die Augen auf, wurde geblendet vom Licht. Du hast gelacht wie ein kleines Mädchen, dem ein Streich gelungen ist. Auf dem Waldweg mit den vielen Wurzeln, die sich so gut unter den Fußsohlen anfühlten, sagtest du, jetzt hätte endlich auch ich eine Grenzerfahrung gemacht. Beim Apfelsaft auf der Terrasse vor der Hütte kamst du dann mit deiner Bitte. Warum habe ich mich nicht gewehrt? Schließlich kann man doch nein sagen, sogar zu dir muss man nein sagen können. Dass ich es nicht getan habe, liegt wohl daran, dass ich nicht damit gerechnet hatte, den Tag zu erleben, an dem ich das Versprechen einlösen müsste. Gleichzeitig bin ich auch neugierig, was passieren wird.

Hättest du dir nicht ein weniger maulfaules Sprachrohr aussuchen können, Ditta? Ausgerechnet mir hast du das angetan, wo du doch weißt, wie schwer ich mich tue, vor Leuten zu reden und erst recht aus dem Stegreif. Ich bin nicht einmal sicher, ob ich deinen Namen aussprechen kann, ohne dass mir die Augen übergehen. Gut, das ist nicht das Schlimmste, die Rührseligkeit alter Männer ist ein bekanntes Phänomen.

Bringen wir es also hinter uns. Du bist selbst schuld, dass du keinen Besseren genommen hast.

Warum hast du mich nicht beauftragt, ihnen das Geheimnis zu verraten, das Geheimnis dieser letzten zwei Jahre, zehn Monate und sieben Tage? Dass es jenseits der hormonell gesteuerten Gewitter eine Erotik gibt, die genauso kribbelt und Gänsehaut erzeugt oder vielleicht sogar noch mehr, eine Zärtlichkeit, die dir die Brust sprengt? Hätte ich sowieso nicht sagen können, lässt sich vielleicht gar nicht erklären, wenn's einer nicht sowieso erlebt, und dann braucht es keine Worte. Stimmt auch wieder nicht, es braucht Worte, aber das sind die allergewöhnlichsten, die plötzlich so geladen sind. Nie wieder werde ich eine Fliederknospe anschauen können, ohne zu heulen.

Wenigstens aufs Klo gehen darf ich doch wohl, danach würde es wie eine Flucht wirken. Wäre es vermutlich auch. Feige bin ich geworden auf meine alten Tage. Vielleicht hängt das mit der schlaffen Blase zusammen. Hätte ich meinen alten Freund und Urologen fragen müssen, aber der hat inzwischen ganz andere Sorgen. Bei meinem letzten Besuch hat er mir erklärt, dass die moralische Verworfenheit der heutigen Jugend von der Toxoplasmose kommt, er wollte eine Arbeit darüber schreiben. Die Toxoplasmose zerstöre das Gen, das die Entwicklung einer ethischen Haltung ermöglicht, sagte er, und er stehe knapp vor dem endgültigen Durchbruch mit seinen Forschungen. Ich müsse unbedingt die Augen der Krankenschwester betrachten, die seinen Urinbeutel wechseln komme, die zeigten den typischen Arcus, der kurz vor dem Ausbruch der Krankheit auftrete. Es könne mir doch nicht entgangen sein, dass sie Patienten, männlichen Patienten natürlich, nie in die Augen blicke, sondern immer auf das Membrum virile. Nun gut, lasset uns also miktieren, wie er zu sagen pflegte, sofern ich es schaffe, ohne fremde Hilfe aufzustehen, und sofern ich meinen jämmerlich geschrumpften Pimmel noch finde.

*

Einen Augenblick lang war Alfred Schreiber nicht sicher, ob er seine Hose richtig zugeknöpft hatte. Gerade jetzt wäre ein Toilettefehler mehr als peinlich. Er blickte an sich hinab, sein Bauch verstellte die Sicht. Eigentlich müsste er Ditta böse sein wegen der Zumutung, die allerdings auch eine Auszeichnung war. Die Hose hatte er zugeknöpft, natürlich hatte er sie zugeknöpft. Seine Finger erinnerten sich an die abgerundeten Ränder der Knöpfe. Manchmal waren die Finger verlässlicher als das Gehirn, das doch ein höchst störungsanfälliges Organ war, obwohl, also eigentlich konnte er sich nicht beklagen, sein Kopf reagierte immer noch verlässlicher als die Köpfe seiner wenigen noch lebenden Altersgenossen, sofern er es schaffte, die Abschweifungen in Grenzen zu halten, in denen sich sein Hirn immer heftiger austobte. Sollte er gleich stehen bleiben? Niedersetzen und Aufstehen war mühevoll. Nein, es war besser, noch einen Schluck Wasser zu trinken, sich kurz zu sammeln. Er hatte sich zurechtgelegt, was er sagen musste, hatte auch Notizen gemacht, er spürte das steife Papier, als er an seine Brusttasche griff. Patricia lächelte zu ihm herüber. Wusste sie etwas? Kaum. Ditta war eine alte Geheimniskrämerin, war eine alte Geheimniskrämerin gewesen. Stefanie stand auf, flüsterte Friederike etwas ins Ohr. Er musste anfangen.

Sein linkes Bein machte Schwierigkeiten, er verlagerte das Gewicht auf den rechten Fuß, jetzt stand er. Eberhard blickte auf.

Alfred Schreiber schlug mit dem Kaffeelöffel an sein Wasserglas. Jetzt waren alle Blicke auf ihn gerichtet. Er faltete das Blatt auf, ärgerte sich, dass er vergessen hatte, seine Brille noch einmal zu polieren, links unten war eine lästige Schliere, und er hätte größer schreiben sollen, Ditta hatte oft über seine Schrift geklagt.

»Liebe Freunde. Ich sehe. Sie wundern sich. Dass ich das Wort ergreife. Unsere – ich darf wohl sagen Unsere. Auch wenn ich nicht. Anders als die meisten von Ihnen. Zur Familie gehöre. Aber Edith hat. Und glauben Sie mir, ich habe nicht darum gebeten. Ich wollte, sie hätte es nicht getan. Sie hat mir. Eine Aufgabe übertragen. Ich musste ihr mein Wort geben. Gerade heute zu Ihnen zu sprechen. Am Tag, an dem wir sie. Begraben haben.«

Er suchte nach seinem Taschentuch. Wieso war es nicht in der rechten Hosentasche, wo es hingehörte? Nur er selbst konnte es in die linke gesteckt haben, das war ein schlechtes Zeichen. Er konnte jetzt nicht losheulen, also wirklich nicht, es war auch unpassend, sich geräuschvoll zu schnäuzen. Einmal kurz an die Nasenlöcher tupfen, das ging gerade noch.

»Es war Ditta wichtig, dass Sie alle gleichzeitig. Von ihren Wünschen in Kenntnis gesetzt würden. Nach einem guten Essen, sagte sie. Und das Essen war doch gewiss hervorragend. Ditta hat das Lokal selbst ausgesucht. Wir waren einige Male miteinander hier. Sie hat mit der Köchin geplaudert und mit dem Kellner. Besser als die meisten Fünfstern-Lokale. Sagte sie. Aber ich schweife. Ab.«

Du darfst nicht so abgehackt sprechen, ermahnte er sich. Hol gefälligst tief Atem und teile ihn dir ein bis zum Ende des Satzes. Jedenfalls hören sie jetzt alle zu, und wenn du nicht aufpasst, werden sie langsam ungeduldig. Reiß dich zusammen.

»In den letzten Jahren wurde endlich die Frage der Wiedergutmachung thematisiert. Das Wort machte Edith wütend. Wie könne man wieder gut machen?, fragte sie. Das würde eine Restitutio ad integrum voraussetzen, und die sei leider denkunmöglich. Man könne zwar geraubtes Gut an die rechtmäßigen Besitzer zurückgeben, aber wie wolle man sie entschädigen für all die Jahre, in denen ihnen der Genuss dieses Guts verweigert war?«

Siehst du, es geht ja. Komm endlich zur Sache.

»Im Zuge dieser Überlegungen wurde ihr klar – und dies sind ihre eigenen Worte –, dass sie tief in Maries Schuld steckte. Ganz am Anfang hatte sie tatsächlich geglaubt, sie erweise Marie eine Wohltat. Bald war es selbstverständlich, dass Marie im Haus lebte, genau wie Edith selbst, wo denn sonst. Es war einfach so, wie es war, die Frage nach einer adäquaten Bezahlung oder einem Vertrag ist ihr nie in den Sinn gekommen. Ohne Marie hätte sie ihre Arbeit nicht machen können, der Wohlstand, den sie in den Jahren nach dem Krieg erwirtschaftete, war letztlich Marie zu verdanken, sagte Edith. Für einen lächerlichen Hungerlohn hat ihr Marie die ganze Verantwortung für Haus und Familie abgenommen und steht jetzt ohne irgendeine Sicherheit da. Deshalb hat Edith beschlossen, Marie das lebenslängliche Wohnrecht im Haus zu übertragen und dazu den Ertrag aus ihrer Lebensversicherung, der Marie ein Auskommen und die Erhaltung des Besitzes sichern soll. Für den Fall, dass David und Patricia im Haus leben wollen, was sie sehr freuen würde, sollen der zweite Stock und das Dachgeschoss aus dem Gesamterbe in zwei Wohnungen umgebaut werden. Alle Einzelheiten sind in ihrem Testament festgelegt, aber Edith wollte nicht, dass Sie diese Verfügungen in der strengen Atmosphäre einer Notariatskanzlei erfahren. Es war ihr klar, dass Sie die Möglichkeit haben, ihren letzten Willen anzufechten, sie bittet Sie aber, darin keine Kränkung und Geringschätzung zu sehen, sondern vielmehr das Vertrauen Ihrer Mutter und Großmutter in Ihre eigene Kraft und Ihren Sinn für Gerechtigkeit.«

Alfred wirkte wie ein Läufer, der eben die Ziellinie überquert hat, er atmete lange aus, gestattete sich jetzt endlich, seine Nase zu putzen, nahm einen großen Schluck Wasser und setzte sich, ohne jemanden anzusehen.

Tränen liefen Marie über die Wangen, der Kragen ihrer Bluse war bereits nass, sie schien es nicht zu bemerken. Andreas hatte eine tiefe Falte auf der Stirn, seine junge Frau berührte zaghaft seinen Arm, er schüttelte sie ab. Rainer lief zu Marie, kletterte auf ihren Schoß und begann zu summen. Heile, heile Segen. Sie schmiegte ihr Gesicht an seinen runden Kinderbauch.

Stefanies Mund stand offen wie der einer Toten, der man das Kinn hochzubinden vergessen hatte. Friederike verkrampfte ihre Hände ineinander, die Knöchel traten gelblich weiß hervor. Eberhards Gesicht zeigte einen ungeheuer dümmlichen Ausdruck. F. T. hielt sich den Mund zu, konnte ein seltsam gurgelndes Geräusch nicht unterdrücken, gleich darauf schüttelte es ihn vor Lachen. Die jüngeren Familienmitglieder vermieden es, einander anzusehen, und starrten die Wände an.

»Will mir denn keiner erklären, was los ist?«, greinte Elvira.

Louise lächelte still in sich hinein.

Stefanie stemmte sich mit beiden Händen hoch, starrte Marie über den Tisch hinweg an. »Tu nicht so scheinheilig! Jetzt hast du erreicht, was du immer wolltest, du hast uns aus dem Haus geworfen und dich darin breitgemacht.«

F. T. murmelte beschwichtigend: »Stefanie! Beruhige dich!«

»Du halt den Mund!«, schrie sie ihn an. »Du halt dich da raus! Dich geht das überhaupt nichts an.«

Er berührte ihre Schulter. Sie fuhr herum, stieß ihn von sich, er verlor den Halt, musste sich an der Stuhllehne abstützen. »Mich aus dem Haus meiner Eltern zu verjagen …«

»Mutter«, sagte Theresa, jede Silbe einzeln betonend und doch kaum hörbar. »Mutter, seit ich denken kann, hast du immer erklärt, du würdest nie in dieses Haus ziehen, selbst wenn man dir einen goldenen Käfig aufs Dach setzte.«

»Du brauchst gar nicht zu feixen!« Stefanie geriet völlig aus der Fassung, dunkelrote Flecke erschienen auf ihrem Hals wie Würgemale, breiteten sich immer weiter aus. »Du bist nicht unbehaust wie ich, du hast ein Elternhaus, auch wenn du nichts davon wissen willst, und im Übrigen geht es auch um dein Erbe!«

Theresa schüttelte den Kopf. »Mutter, du machst dich lächerlich.«

»Wer macht sich lächerlich?« Speichelblasen sammelten sich in Stefanies Mundwinkeln.

Raffael beugte sich über sie.

Theresa stand auf, hielt sich mit beiden Händen am Tisch fest, ging schwankend zur Tür. »Was ist jetzt los?«, fragte Elvira. Niemand antwortete ihr.

»Geh nur«, rief Stefanie Theresa nach. »Geh nur! Ich brauch dich nicht. Ich brauch euch alle nicht!« Ihre Stimme schlug um, wurde kläglich. »Nie hat sie uns geliebt, immer nur die anderen, die Fremden. Jede Dahergelaufene war ihr wichtiger als die eigenen Töchter.« Mit drei Schritten war sie bei Friederike, zog sie aus dem Sessel, schüttelte sie wie eine Fetzenpuppe. »Du glaubst, du kannst dich raushalten, was?

Du glaubst, ich werde wieder für dich die Kastanien aus dem Feuer holen. Sag endlich was!« Sie ließ Friederike los, die auf ihren Stuhl zurücksank. »Feig warst du immer schon.«

Friederike straffte sich. »Wenn Mama es so will, werde ich mich dreinfügen. Obwohl es mir natürlich lieber gewesen wäre, sie hätte darauf vertraut, dass wir selbst das Richtige tun würden.« Ihre Duldermiene war beinahe überzeugend. »Es war Mamas Haus, sie kann damit machen, was sie will. Warum sollte sie auf unsere Gefühle Rücksicht nehmen?«

»Sie hat es nicht gebaut, sie hat es geerbt, also muss sie es auch an ihre Kinder vererben«, behauptete Stefanie. Gleich morgen würde sie den Rechtsanwalt anrufen, man habe die Pflicht, sich zu wehren, auch wenn einen alle im Stich ließen, die eigene Schwester, der eigene Mann, die eigene Tochter, der eigene Sohn ... Ihre Blicke flackerten von einem zum anderen. »Ich brauche euch alle nicht, ich will euch alle nie mehr sehen, feiges Gesindel, keine Haltung, kein Stolz, kein ...« Sie rang nach einem Wort, ihre Hände ruderten ziellos herum, ein Weinglas fiel um, rollte über den Tischrand, zerbrach auf dem Fußboden.

Rainer klatschte in die Hände. »Scheben bingen Glück!«, rief er. »Scheben bingen Glück!«

Vreni hielt ihm die Hand vor den Mund. »Ist kein böses Wot, ist kein böses Wot, ist kein Scheiße-Wot!«, schrie er und versuchte die Hand seiner Mutter abzuschütteln.

F. T. trat hinter Stefanie und fasste sie an den Schultern. »Stefanie, du hast immer gesagt, dass dir Besitz nichts bedeutet. Beruhige dich doch.«

»Es geht nicht nur um den Besitz, verdammt noch einmal! Das Haus bedeutet ... Zuflucht ... Ach was, du verstehst doch nicht, du hast mich nie verstanden. Und ihr braucht gar nicht zu grinsen.« Sie blickte einen nach dem anderen an, landete bei Marie. »Jetzt hast du, was du immer gewollt hast. Erbschleicherin.«

»Niemand grinst«, sagte Eberhard.

Andreas pflanzte sich vor Stefanie auf. »So redest du nicht mit meiner Mutter!«

»Du hast hier überhaupt nichts zu sagen, du ... Wer weiß, ob Fritz überhaupt dein Vater war!«

»Das nimmst du sofort zurück.«

»Ich denke nicht daran.« Sie hob die Arme in einer theatralischen Geste, die sie plötzlich ihrer Mutter ähnlich sehen ließ, einen Augenblick später sackte sie zusammen wie eine Marionette, die dem Spieler aus den Händen gefallen war, und begann zu schluchzen.

Maries Gesicht war grau, nur die bebenden Nasenflügel verrieten, dass sie nicht völlig versteinert war. Patricia trat zu ihr, nahm sie in die Arme. Sie erwiderte die Umarmung nicht, wehrte sich aber auch nicht dagegen. »Verzeih uns«, flüsterte Patricia. »Bitte verzeih uns.«

»Wieso uns?«, fragten mehrere gleichzeitig. »Was hast du damit zu tun? Was haben wir damit zu tun?«

Sie schüttelte den Kopf, wiegte Marie in ihren Armen wie ein Kind. David antwortete an ihrer Stelle. »Weil meine Großmutter den ganzen Hochmut dieser verdammten Familie zum Ausdruck gebracht hat, wofür wir uns alle entschuldigen müssen. Gleichzeitig hat sie uns vorgeführt, dass dieser Hochmut nicht so viel Berechtigung hat.« Er schnippte mit den Fingern. »Wir stehen im Regen wie der letzte Sandler. Wenn es darauf ankommt, verehrte Verwandte, können wir uns nicht einmal auf unsere berühmte Lebensart verlassen. Urgroßmutter hat völlig recht, wir stehen alle in Maries Schuld. Besser wäre es allerdings gewesen, sie hätte das alles gesagt, als wir ihr noch hätten antworten können. Vielleicht hat sie sich nicht getraut.«

»Sie soll sich nicht getraut haben?«, rief F. T. »Du spinnst wohl!«

»Das ist durchaus möglich, Großpapa, aber in diesem Punkt habe ich recht. Dittaoma wollte uns alle mögen können bis zuletzt, sie wollte sich nicht schämen müssen für uns, so wie wir uns jetzt schämen.«

Eberhard öffnete den Mund, schüttelte den Kopf, schließlich sagte er: »Vielleicht hat sie nichts gesagt, weil sie Angst davor hatte, Marie könnte ihr dankbar sein. Das wäre eine Ohrfeige gewesen. Damit hätte sie nicht umgehen können.«

»Vielleicht war Mama einfach zu feig«, murmelte Friederike. »Zu feig, um zu tun, was sie für richtig hielt.«

Stefanie sprang auf. »Ich hätte große Lust, dir eine Ohrfeige zu geben!«

»Tu's doch!«

Die Schwestern wandten sich einander zu, wirkten wie zwei Boxer, was total lächerlich war und gleichzeitig eine seltsame Würde hatte.

»Hast du es so dringend nötig, sie groß zu sehen? Kannst es nicht aushalten, dass auch sie nicht so war, wie sie sein wollte?«, fragte Friederike nach endlos langen Minuten.

»Ja«, sagte Stefanie.

Elvira stieß sich mit erstaunlicher Kraft vom Tisch ab, ihre Betreuerin schaffte es gerade noch, den Rollstuhl zu fassen, bevor er an die altdeutsche Kredenz krachte. »Wer soll sich schämen?« Der larmoyante Ton schnitt durch die schwere Stille. »Ich schäme mich nicht! Ich hab mich ausgeschämt, lange schon. Edith, niemand redet mit mir. Sag du, was los ist. Ich glaube, die sind alle verrückt geworden.«

»Amen«, flüsterte Friederike.

Alban trat ein, ein Tablett mit Schnapsgläsern in der Hand. F. T. war es nicht gewöhnt, von Erinnerungen überfallen zu werden, aber in diesem Moment spürte er Staub zwischen den Zähnen, roch den beißenden Rauch brennender Hirsestängel, sah die erhobene Trompete des Sergeanten bei der Einholung der Fahne. Oder war es ein Horn? Blinkendes Metall jedenfalls. Mit demselben feierlichen Gesicht, mit derselben Würde, demselben Ernst, hatte ein Grenzsoldat die Fahne gefaltet und an seinen Vorgesetzten übergeben. Wo war das gewesen? Irgendwo in Westafrika. Er sah die perfekt gebügelten Khaki-Uniformen, die straffen Rücken der jungen Männer, sah aus dem Augenwinkel die junge Frau mit einem Tablett voll glänzender Früchte auf dem Kopf. Zuerst war ihm das Zeremoniell beim Einholen der Fahne vorgekommen wie ein Kinderspiel, beinahe wie ein ironisches Nachäffen der Rituale der ehemaligen Kolonialherren, dann hatte er plötzlich geahnt, dass die allabendliche Feier eine Art Selbstversicherung bedeutete, hier zu sein, auf diesem Boden, zu dieser Stunde, Herren im eigenen Land.

Alban umrundete den Tisch, bot sein Tablett wie eine Opfergabe an. »Benediktiner, Crème de menthe, Sliwowitz, Geschenk des Hauses«, wiederholte er im Rhythmus einer Litanei.

Elvira griff nach einem Benediktiner. »Benedicite vos.« Ihre feierlich erhobene Stimme kippte plötzlich. »Weiß denn niemand, wie das weitergeht?«

Sophie versuchte ihr das Glas aus der Hand zu nehmen. »Elvira, du darfst doch keinen Alkohol trinken!«

»Sagt wer?«

»Ihr Arzt, gnädige Frau.« Die Betreuerin, die sich während Stefanies Ausbruch möglichst unsichtbar gemacht hatte, versuchte einzugreifen.

»Ich bin nicht gnädig und der Arzt kann mich«, sagte Elvira hoheitsvoll. Als sie Friederikes und Sophies strafende Blicke sah, fügte sie hinzu: »Wenn er brav ist.« Sie tätschelte die Hand ihrer Betreuerin, lächelte listig, brach übergangslos in Tränen aus, unglaublich große Tränen, die aus festerem Material zu bestehen schienen als nur salzigem Wasser. Seifenblasen, dachte Patricia und schüttelte gleich darauf den Kopf. Nein, Seifenblasen platzten schnell, diese Tränen schienen dauerhaft an den schütteren Wimpern zu hängen.

»Warum sagt mir denn keiner, was los ist?« Elvira zeigte auf Alfred. »Und was will der da? Er stört.«

Da niemand anderer antwortete, sagte Alfred Schreiber: »Da haben Sie leider recht, ich störe, aber nicht im eigenen Auftrag. Edith hat mich gebeten …«

Elvira unterbrach ihn. »Das sieht ihr ähnlich. Immer müssen andere für sie die Kastanien aus dem Feuer holen. Sie will für alle die Gute sein, die unangenehmen Dinge müssen andere für sie erledigen. Warum sagt sie nicht selber, was sie zu sagen hat?«

»Weil sie nicht mehr lebt. Sie ist gestorben, wir haben sie heute begraben und sind hier, um noch einmal gemeinsam an sie zu denken. Mich hat sie beauftragt, die Familie in Kenntnis zu setzen von ihren Wünschen bezüglich des Hauses.«

Eine Träne rollte über die runzelige Wange, blieb in ihrem Mundwinkel hängen, mit einer Bewegung, die an einen Gecko erinnerte, schnellte Elviras Zunge hervor, verschwand wieder. Elvira wandte sich mit einem süßen Lächeln an Alfred. »Reden Sie immer so geschraubt?«

»Nur, wenn ich mich unsicher fühle.«

»Sie sind ein Lieber«, sagte Elvira. »Sie dürfen bleiben.« Sie musterte Alfred mit dem starren Blick, den sonst nur Vögel und ganz kleine Kinder haben. »Ditta ist tot, haben Sie gesagt? Einfach gestorben? Ohne sich zu verabschieden?«

»So ist es. Es tut mir leid.«

»Ihnen braucht das nicht leidzutun. Oder haben Sie sie umgebracht? Na eben. Jetzt hat sie mir wieder eins voraus. Wie immer. Aber warte nur, ich hole dich schon noch ein. Was mach ich hier ohne dich, du ekelhafte Person? Kalt ist es. Warum dreht keiner die Heizung auf?«

Elviras Schal war heruntergerutscht, die Betreuerin legte ihn ihr wieder über die Schultern. »Den Schal hat mir Ditta geschenkt, zum Geburtstag«, flüsterte Elvira. »Kaschmir und Seide, ganz leicht.« Sie richtete sich mit großer Anstrengung im Rollstuhl auf. »Dass keiner von euch glaubt, ihr könntet mir zuvorkommen! Jetzt bin ich dran, verstanden?«

»Ist ja gut, Elvira, ist ja gut«, sagte Sophie.

»In diesem Jahr wünsche ich keinen Geburtstag zu haben. Weder am 17. Oktober noch an sonst einem Tag.« Elvira erwartete keine Antwort auf ihre Proklamation. »Das wäre erledigt«, setzte sie hinzu und schloss die Augen. Fast unmittelbar darauf schnarchte sie leise und rhythmisch.

»Man kann sagen, was man will, Tante Elvira hat sich ihre Würde nicht nehmen lassen. Sogar ihr Alzheimer hat Stil«, murmelte David Patricia zu, aber offenbar nicht leise genug.

Stefanie fuhr aus ihrer Erstarrung auf, beugte sich drohend vor.

»Im Gegensatz zu mir, willst du wohl sagen?« Ihre Wangen, ihre Kinnpartie zitterten, was ihren Ausbruch jämmerlich ins Leere laufen ließ.

»Es geht nicht immer um dich, Großmama«, sagte David. »Manchmal ist auch von anderen Leuten die Rede.«

F. T. sandte ihm einen vernichtenden Blick, holte Atem, öffnete den Mund und schloss ihn wieder.

Alfred Schreiber rang seit einiger Zeit unglücklich die Hände, richtete sich auf, nahm mit sichtlicher Anstrengung seinen Mokkalöffel und schlug damit ans Glas.

Er müsse sich entschuldigen, er sei offenbar der Aufgabe, die Ditta ihm anvertraut habe, nicht gewachsen gewesen. Anscheinend habe er sich so missverständlich ausgedrückt, dass er Dittas Wunsch, über das im Testament Verfügte hinaus ihre Absichten klarzumachen und alle Familienmitglieder und Freunde ihrer Liebe und Achtung zu versichern, ganz und gar verfehlt, ja sogar ins Gegenteil verkehrt habe.

Elvira riss die Augen auf, hob die linke Hand, zeichnete mit dem Zeigefinger eine Schraube in die Luft.

Patricia begann zu kichern, je mehr sie sich bemühte, ernst zu bleiben, umso mehr schüttelte es sie und steckte nach und nach die meisten anderen an. Mit merkwürdig steifen Schritten kam Theresa herein, setzte sich auf ihren Platz, starrte ins Leere. Niemand beachtete sie.

Schließlich schallte das Gelächter bis in die Küche. »Jetzt sind sie endgültig verrückt geworden«, stellte Bärbel fest. »Überhaupt kein Benehmen. Dabei hätte man gedacht, das wäre eine richtig feine Familie. Schade. Zwar, bei den Begräbnissen in unserem Dorf kommt auch ein Punkt, wo sie Witze erzählen und lachen, aber das ist doch ganz anders.«

»Ja, die Lachen ohne Lust, ohne Witz, sind schlimme Lachen. Ganz schlimme. Machen Löcher in Magen, Galle in Mund«, sagte Alban.

Hanka fragte, ob sie Magenbitter anbieten solle.

Alban schüttelte den Kopf. »Bitter genug. Manche Kummer machen Schnaps gut, diese Kummer machen Schnaps schlecht. Wär gut Melissentee mit Honig.«

Bärbel lächelte ihn an, er war der Einzige, der die Zärt-

lichkeit in diesem Lächeln nicht sah. Sie könne sich vorstellen, sagte sie, wie die Herren reagieren würden, wenn er ihnen jetzt Melissentee hinstellte. Ganz abgesehen davon, dass sie sowieso keine Melisse habe.

Eberhard schlug mit der Faust auf den Tisch, einige Gläser hüpften, zwei stießen aneinander und erzeugten dabei einen hohen, schrillen Ton.

»Fis«, sagte David leise, aber alle hörten ihn. Eberhard stand auf.

Schon bei seinen ersten Worten hob Friederike den Kopf und sah ihn fassungslos an. Das war nicht der Sprücheklopfer vom Dienst, das war der Mann, den sie vor beinahe fünfzig Jahren kennengelernt hatte, älter natürlich, aber so älter geworden, wie sie es damals erhofft hätte, wenn sie überhaupt ans Älterwerden gedacht hätte. Er redete nicht in Floskeln, sprach sehr einfach und überzeugend. Er habe seine Schwiegermutter immer gerngehabt, sagte er, und es sei ihr gutes Recht, mit ihrem Eigentum zu verfahren, wie sie es für richtig halte. Außerdem habe er überschlagsmäßig ausgerechnet, wie viel Ditta Marie in den sechzig Jahren schuldig geblieben war, wenn man nur den ihr zustehenden Mindestlohn rechne. Mit Zinsen und Zinseszinsen übersteige der Betrag mit Sicherheit den Wert von Wohnung und Lebensversicherung.

Andreas erwischte sich selbst dabei, wie er nickte, ergriff eine Serviette und begann, den Mund seines jüngeren Sohnes zu säubern, was natürlich zu empörtem Gebrüll führte.

Mit erhobener Stimme schloss Eberhard: »Wir sollten Ditta dankbar sein, sie erspart uns allen, uns schämen zu müssen dafür, dass Marie all die Jahre lang schamlos ausgenutzt wurde, wahrscheinlich in aller Unschuld und mit ihrem Einverständnis, aber das ändert nichts daran, dass da sehr viel Unrecht geschehen ist, dass unsere liebe Ditta Marie sehr viel schuldig geblieben ist. Und jetzt wollen wir auf die beiden trinken, auf Ditta und auf Marie.«

Alle standen schon, als Stefanie zögernd und leicht zitternd auf die Füße kam.

»Verzeih mir, Marie. Bitte verzeih mir. Ich … ich bin so durcheinander. Ich wollte, ich könnte alles zurücknehmen, was ich gesagt habe. Ich weiß wirklich nicht, was in mich gefahren ist, es war auch gar nicht das Haus … Es war diese Ohrfeige von Mama, dass sie nicht an uns geglaubt hat. Dass sie nicht gedacht hat, wir würden von uns aus das Richtige tun. Und das Schlimmste ist, dass sie … dass sie nicht unrecht hatte damit, was mich betrifft jedenfalls. Marie, du verdienst das Haus mehr als wir, mehr als jede andere. Es tut mir leid.«

Marie schnäuzte sich. Es war sehr still im Raum, sogar Rainer und Yve saßen völlig ruhig und starrten von einem Erwachsenen zum nächsten. Immer wieder befeuchtete Marie ihre Lippen. Als der Faden einer Glühbirne im Luster zersprang, zuckten alle zusammen. Endlich schaffte es Marie, mit hoher, brüchiger Stimme zu sagen: »Ist schon gut. Aber ich will das nicht. Ich will das Haus nicht.«

Stefanie begann zu weinen, ihre Schultern bebten. »Ich schäme mich so«, flüsterte sie. »Ich hab alles kaputt gemacht. Es hätte schön sein können und richtig, aber ich habe es kaputt gemacht.«

Plötzlich fand Marie ihre normale Tonlage. »Du hast es gesagt, andere haben es gedacht. Ich bin froh, dass es gesagt ist. Aber ich will das Haus nicht.«

Alle redeten auf sie ein, sie müsse Ditta doch erlauben, vergangenes Unrecht gutzumachen, schließlich sei es ihr

Vermächtnis, kein Geschenk, sondern redlich verdient. Wenn überhaupt jemand zur Familie gehöre, dann sei es sie.

Marie schüttelte den Kopf.

Ihr Sohn schwieg und kaute an seiner Unterlippe.

Friederike nahm Maries Rechte in ihre beiden Hände. »Solang du da wohnst, ist es auch noch Mamas Haus. Es wäre gut zu wissen, dass du da bist, und wenn das alles vorbei und ein bisschen Gras gewachsen ist, dürfen wir dich vielleicht besuchen, und …«

»Vielleicht backst du sogar einen Mohnstrudel für uns«, sagte David.

Ein ganz kleines Lächeln zuckte in Maries Mundwinkeln. »Den kannst du auch haben, wenn ich nicht im Haus wohne.«

»Aber er wird nirgends so schmecken wie in deiner eigenen Küche.«

»Walum?«, fragte Rainer. »Walum?«

David erklärte ihm, dass in Maries Küche der Duft von tausend Mohnstrudeln und ebenso vielen Nussstrudeln, von Buchteln und Schokoladetorten, von Zimt und Nelken und abgeriebener Zitronenschale, von Lebkuchen und Vanillekipferln hing und jedem Teig einen ganz besonderen Geschmack verlieh, den es nirgends sonst auf der Welt gab.

Rainer lachte. Er versuchte, das schwierige Wort Schlaraffenland auszusprechen, das in seinem Mund eher wie Schalaffenland klang, ein R schaffte er nur, wenn er das Rasseln eines Weckers nachmachte, dann allerdings war er nur mit Mühe wieder abzustellen. Aus Schalaffenland wurde Laffenland und zuletzt Affenland. Marie schloss die Augen und lehnte ihre Stirn an seinen strubbeligen Hinterkopf. Er kuschelte sich an sie. Und sie hält sich an ihm fest, dachte Patricia. Halten, damit man gehalten wird. Damit man nicht ins Bodenlose fällt. Vielleicht ist es das.

Jonathan, der die ganze Zeit geschwiegen und aus halb geschlossenen Augen die Anwesenden der Reihe nach gemustert hatte, sagte leise: »Wenn wir schon angeblich unbehaust sind, wollen wir doch wenigstens unsere Bilder an die nicht vorhandenen Wände hängen, das musst du uns erlauben, Marie.«

Eberhard starrte seinen Enkel an, plötzlich begann er zu lachen. »Sieh einer an«, murmelte er kopfschüttelnd. »Sieh einer an.«

Marie zupfte ihn am Ärmel. »Was meint er bitte?«

»Weiß ich auch nicht. Vielleicht will er dein Untermieter werden.« Eberhard lächelte ihr zu.

Friederike schüttelte den Kopf, verkroch sich resignierend zwischen ihre Schultern.

Sophie beugte sich zu Theresa. »Geht's dir gut?«

Theresa nickte, biss in ihren Daumenballen. Sophie flüsterte ihr ins Ohr: »Ist doch nicht schlimm. Heutzutage nicht mehr, du schaffst das! Wenn ich irgendetwas für dich tun kann ...«

Theresa schüttelte den Kopf. »Es ist nichts. Gar nichts. Das ist es ja, dass nichts ist. Aus und vorbei.« Sie brach ab: Sophie tätschelte ihre Schulter. »Bitte nicht«, flüsterte Theresa, »sonst fang ich an zu heulen.«

»Bei Begräbnissen darf man weinen«, sagte Sophie halblaut.

Theresa drückte ihre Hand. »Zuerst war ich entsetzt, und jetzt bin ich sehr traurig.«

Sophie nickte. Sie reichte Theresa ein Päckchen Taschentücher. »Du weißt ja nicht, wie gut ich dich verstehe.«

»Ich versteh mich selbst nicht«, murmelte Theresa. Sophie setzte zum Sprechen an, Theresa unterbrach sie. »Nein, gibt's nicht, geht nicht. Aus.«

Zwischen den Doppelfenstern surrte eine Fliege. Die Luft im Extrazimmer war abgestanden.

Sogar Louise hing mehr in ihrem Sessel, als dass sie saß.

Wie aufs Stichwort erschien Alban und fragte, ob er ein Fenster öffnen dürfe. Es war wie eine Erlösung, als vom Gastgarten ein leichter Lindenduft hereinströmte.

Eberhard stand auf. Es sei vielleicht an der Zeit, die Tafel aufzuheben, sagte er. Er hoffe sehr, dass Marie sich dazu entschließen könne, Dittas Angebot anzunehmen, es sei gewiss für alle das Beste, ganz besonders für Stefanie und Friederike. Er hoffe auch, dass die Familie, die ja doch, trotz allem und vielleicht jetzt erst recht, eine Familie sei, sich demnächst wieder und bei einer glücklicheren Gelegenheit zusammenfinden werde. »Jeder von uns hat eine andere Ditta begraben, vielleicht ist gerade das der richtige Tribut an eine besondere Frau. Sie war gewiss nicht der Übermensch, als den sie einige von uns gesehen haben, sie hatte ihre Fehler und Macken, und dafür sollten wir dankbar sein. Vielleicht ist es die Summe unserer Fehler und Schwächen, die uns zu Menschen macht und uns den Ansporn gibt, nicht müde zu werden, weiterzumachen.«

Thomas und Anna starrten ihren Vater an. Friederike kreuzte die Arme vor ihrer Brust, als müsse sie sich an sich selbst festhalten. Eberhard nickte ihr zu, griff nach seinem Wasserglas und nahm einen tiefen Schluck.

Gleich darauf sank er in sich zusammen. Friederike sprang auf, rief seinen Namen. Seine Antwort war unverständliches Gebrabbel. Sein rechter Mundwinkel hing schief nach unten, ebenso das rechte Augenlid, ein Speichelfaden trenzte auf das Damasttischtuch.

Friederike trat hinter ihn, legte ihre Arme um seine Schultern, drückte seinen Kopf an ihre Brust. »Das geht nicht,

Eberhard, das geht wirklich nicht«, flüsterte sie in sein Ohr. »Das darfst du nicht. Nicht jetzt! Eberhard, Lieber. Liebster. Eberhard.«

Beinahe synchron zückten alle ihre Mobiltelefone. David schaffte es als Erster, die Nummer der Rettungszentrale zu wählen.

»Da hebt niemand ab«, klagte Louise.

Friederike wiegte Eberhard vor und zurück. Stefanie legte zwei Finger auf seine Halsschlagader, lockerte behutsam den Krawattenknoten, öffnete den obersten Hemdknopf.

»Sie kommen sofort«, sagte David.

Marie kniete sich neben Eberhard, löste seine Schuhbänder, als sie ihm die Schuhe ausziehen wollte, lief ihr Gesicht dunkelrot an vor Anstrengung. »Wir sollten ihn flach legen und die Beine hoch lagern«, drängte sie.

F. T. erklärte, es sei eindeutig besser, auf den Notarzt zu warten.

Friederike summte im Rhythmus ihres Wiegens tonlos vor sich hin.

»Heile, heile Segen«, krähte Rainer, verstummte aber sofort.

Thomas stützte den Kopf in die Hände und betrachtete seine Eltern, als hätte er sie nie zuvor gesehen.

Alban stand in der Tür, seine Haltung zeigte unmissverständlich, dass er zu jeder Hilfeleistung bereit war.

Mit dem Kochlöffel in der Hand starrte Bärbel in den großen Topf, in dem Zwiebeln dunkelbraun und dann schwarz wurden. Als beißender Rauch aufstieg, schüttelte sie sich, packte den metallenen Griff, riss den Topf von der Feuerstelle, der Deckel klapperte über den Fliesenboden. Sie drehte sich zum Waschbecken, hielt die Hand unter fließen-

des kaltes Wasser, Tränen rannen ihr über die Wangen. Alban kam in die Küche, legte den Arm um sie, sie versteckte ihr Gesicht in seiner Halsgrube. »Nicht weinen«, murmelte er, »nicht weinen.« – »Ich heul ja nur, weil die Zwiebeln so scharf sind«, behauptete sie stockend, während ihre Tränen sein Hemd durchnässten. »Und meine Oma …« Sie bekam Schluckauf, konnte nicht weitersprechen. Alban legte die Arme um sie, sie klammerte sich an ihm fest. Lisa nahm eine Wasserkaraffe, gab Hanka einen Wink, ihr zu folgen.

Später würden die Familienmitglieder endlos darüber diskutieren, wie viel Zeit von Davids Anruf bis zur Ankunft der Rettungsleute vergangen war. F. T. sagte, er habe auf die Uhr geschaut, und es seien knapp sieben Minuten gewesen. Niemand glaubte ihm.

Als der Arzt mit den beiden Sanitätern ins Extrazimmer trat, löste sich die Erstarrung. Mehrere Stimmen wollten gleichzeitig berichten, was geschehen war. Der Arzt hielt Eberhards Handgelenk, bat mit einer knappen Bewegung um Ruhe, die Sanitäter legten Eberhard auf die Trage. Während der Arzt seinen Blutdruck maß, dann mit einer kleinen Taschenlampe in Eberhards Pupillen leuchtete, streichelte Friederike unablässig die schlaffen Wangen.

Der Arzt gab den Sanitätern ein Zeichen, sie hoben die Trage an. Je schneller sie ins Krankenhaus kämen, umso eher habe der Patient eine Chance, wehrte der Arzt die von allen Seiten herandrängenden Fragen ab. In einer Stunde würde man mehr wissen. Er nahm Friederikes Ellbogen und führte sie zum wartenden Wagen.

Eberhards rechter Arm rutschte von der Trage, hing schlaff herunter, wurde von den raschen Schritten der Männer in schwingende Bewegung versetzt.

Gerade in diesem Augenblick wachte Elvira auf, sah den pendelnden Arm und begann zu schreien. »Ich bin dran, Eberhard! Du hast dich vorgedrängt! Das gilt nicht! Ich bin dran! So dürft ihr mit mir nicht umgehen.«

Alle warteten darauf, dass ein anderer antworten würde, vermieden jeden Augenkontakt, starrten vor sich hin. Elvira wiederholte in einem eigentümlichen Singsang: »Ich bin dran!«

Nun fand Rainer offensichtlich, dass er lang genug geschwiegen hatte.

»Issertot?« Die Wörter liefen ineinander über.

Marie war es, die sich aus der Erstarrung löste. Sie hob ihn wieder auf ihren Schoß. »Ich glaube nicht.«

»Walum?«

»Er wird jetzt ins Krankenhaus gebracht, dann werden wir weitersehen.«

Rainer nickte. »Im Kankenhaus wird er gesund gemacht. Kiegt einen Gips. Ich hab auch einmal einen Gips bekommen. Am Bein. Ein rrrrrrroten.«

Lisa schenkte Wasser nach, die meisten nahmen sofort einen Schluck, als wäre es Medizin. Nur Elvira stieß Lisas Hand weg, Wasser schwappte über ihren Arm und auf ihren Schoß.

Wie Herdentiere drängten sie sich aneinander, als gäbe es Sicherheit im Rudel. Niemand wagte es, die Frage auszusprechen, die alle beschäftigte.

Marie begann aus Bierdeckeln einen Turm für Rainer zu bauen. Alle Augen richteten sich auf sie, machten es schwer, die nötige Ruhe für ihre Aufgabe zu bewahren. Bei jedem neuen Stockwerk, das Marie draufsetzte und das nicht den ganzen Turm zu Fall brachte, atmeten alle erleichtert auf, als läge darin ein gutes Omen. Rainer unterbrach die lähmende

Stille. Im vierten Stock, sagte er, wohne er mit seinem großen Hund und mit Marie.

F. T. fiel das Warten offenbar noch schwerer als den anderen. Immer wieder zückte er sein Mobiltelefon, drückte zwei, drei Tasten, schüttelte den Kopf und löschte die Eingabe wieder. Dann verfiel er minutenlang in eine merkwürdige Starre, um ebenso unvermittelt eine fahrige ziellose Bewegung an die nächste zu reihen. Stefanie stand auf, schlug ihm vor, eine Runde ums Haus zu gehen, hängte sich bei ihm ein. Als sie zum zweiten Mal vor der Linde standen, meinte F. T., jetzt könnten sie doch im Krankenhaus anrufen, schon um Anna und Thomas diese unerträgliche Ungewissheit zu nehmen. Stefanie stellte ohne ihre übliche Schärfe fest, dass die Ungewissheit ihn wahrscheinlich mehr belaste als Eberhards Kinder und Enkel. F. T. schaute sie von der Seite an und sagte einfach: »Die sind auch nicht zwei Jahre älter als er.«

»Hast du Angst?«

Er zuckte mit den Schultern.

»Natürlich hast du Angst«, sagte sie. »Ich habe auch Angst. Es kommt immer näher.«

Er drückte ihren Arm. »War ja auch ein bisschen viel auf einmal. Zuerst begraben wir deine Mutter und dann ... Wenn es wirklich das Ende war, hat er Glück gehabt, beneidenswert viel Glück. Gerade hat er das Richtige gesagt und wir waren ihm alle dankbar dafür, das hat er dann mitgenommen. Wenn wir etwas mitnehmen können. Vor dem Tod habe ich keine Angst, aber vor dem Sterben. Man will doch halbwegs mit Anstand gehen. Ditta hat es geschafft.«

»Aber einen ziemlichen Scherbenhaufen hinterlassen.« Stefanie zog die Hand aus seinem Arm, rieb mit zehn Fingern ihre Stirn. »Wenn sie es mir doch selbst gesagt hätte, dann hätte ich mich ernst genommen gefühlt. So ist es, als wollte sie mir klarmachen, dass ich damit nicht umgehen kann, wenn ich nicht meinen Teil und noch ein bisschen dazu bekomme.« Sie lachte auf. »Womit sie leider nicht unrecht hatte.«

F. T. straffte sich, sagte entschlossen: »Ich rufe jetzt an. Weißt du, in welches Krankenhaus man ihn gebracht hat?«

Sie hob die Schultern, ließ sie fallen. »Vielleicht in die Universitätsklinik?«

»Vielleicht.«

Lisa meinte, dass die Rettungsfahrer vermutlich erst unterwegs erführen, wo ein Bett frei wäre. Im Vorraum war kein Telefonbuch, sie musste also in die Küche gehen. Alban und Bärbel standen immer noch am selben Platz und hielten einander fest. Als sie Lisa sah, machte sich die Köchin los. »Jetzt muss ich neue Zwiebeln schneiden, sonst gibt's morgen kein Gulasch.«

F. T. war es längst nicht mehr gewöhnt, irgendwo selbst anzurufen. Er war es noch weniger gewöhnt, dass man ihm eine Auskunft verweigerte.

»Denk an deinen Blutdruck!«, mahnte Stefanie.

»Mein Blutdruck kann mich …«

Nach dem zehnten vergeblichen Telefonat hätte er am liebsten Gitti angerufen, tüchtig wie sie war, hätte sie bestimmt in kürzester Zeit die richtige Antwort bekommen, aber gerade am heutigen Tag wäre es ihm unpassend erschienen, sie um Hilfe zu bitten. »Ich fahre hin, wir wollen doch sehen, ob sie mich so leicht abwimmeln können.« Stefanie bestand darauf, ihn zu begleiten, schließlich sei Friederike ihre Schwester, wer sonst könne ihr also beistehen.

Louise fragte Alfred, ob er etwas Neues von den Ausgrabungen in Vergina gehört habe, und löste ihn damit aus dem tranceartigen Zustand, in den er verfallen war. Leise begann er zu erzählen, merkte offenbar nicht, wie ihm nacheinander alle zuhörten.

In der Küche schnitt Bärbel Zwiebeln. Ihre Augen tränten. »Komisch«, sagte sie, »sonst stört mich der Geruch lang nicht so. Müssen besonders scharfe Zwiebeln sein.«

»Traurige Zwiebel«, meinte Hanka, »fremdfremder Mann und trotzdem traurig.«

»Pass auf, dass du dich nicht ins Geschirrtuch schnäuzt«, warnte Lisa und erntete zum ersten Mal einen strafenden Blick von Alban. Es sei seltsam, erklärte er, obwohl sie doch vom Sterben und Begrabenwerden lebten, schließlich kämen so gut wie alle Gäste, wie sie oft schon besprochen hätten, quasi frisch vom Begräbnis, sie könnten also nie vergessen, dass der Tod der ständige Begleiter aller Menschen sei, und trotzdem sei es ein schlimmer Schock gewesen, beinahe als wäre der dicke Mann ein naher Angehöriger. In all den Jahren sei ihm das noch nie passiert.

Die Köchin nickte. Komisch sei das, ein dicker alter Mann wäre beinahe vor ihren Augen gestorben, und woran hätte sie gedacht? An ihre Oma. Dann erzählte sie von einer Frau, die beim Begräbnis ihres Mannes ohnmächtig geworden und auf den Sarg gefallen sei, bei dem Sturz habe sie sich das Genick gebrochen, ihre Großmutter sei selbst dabei gewesen, und ihre Patentante auch.

»Alles Menschen bei Begräbnis in eigenes Grab blicken«, sagte Alban. »Schau ich besser, ob sie noch Wünsche haben.«

»Mir kommt es vor, als säßen wir alle unter einem Leichentuch«, sagte Patricia leise zu David. »Mir schnürt es schon die Kehle zu.«

Mitten in seiner angeregten Erzählung hatte Alfred sich wie aufgescheucht umgeblickt und einen Satz unvollendet hängen gelassen. Warten war Schwerarbeit, ließ die Muskeln verkrampfen, lag als Last auf den Lidern. Sobald einer sich auch nur streckte oder im Sitzen seine Position veränderte, wandten sich alle Augen ihm zu. Keiner wagte es, aufzustehen oder sich zu bewegen. Für diese Situation war im reichen Kanon der Regeln, die ihr Leben bestimmten, nichts vorgesehen.

Als nach unendlich langer Zeit draußen Schritte zu hören waren, sprangen alle auf, umringten F. T. und Stefanie, wussten, bevor sie noch eine Frage stellten, was die Antwort war. »Es ist vorbei.« Stefanies Stimme hatte ihren kalten Glanz verloren.

»Sie konnten nichts mehr machen«, ergänzte F. T. »Vielleicht ist es besser so. Er wäre nie mehr er selbst geworden.«

Marie und Alfred Schreiber senkten die Köpfe auf ihre gefalteten Hände. Thomas liefen Tränen über die Wangen, als Louise zu Anna ging und sie umarmen wollte, schüttelte sie sie zuerst ab, dann klammerte sie sich an sie. »Ich wollte, ich könnte beten«, schluchzte sie in Louises Schulter.

»Vater unser«, begann Marie, und alle stimmten ein.

»Als ich's zum letzten Mal gebetet habe, hieß es noch *von dannen er kommen wird«*, murmelte F. T.

Stefanie nickte. »Irgendwo müssen wir uns ja anhalten.«

»Ich wollte«, begann Thomas und verstummte.

»Schade, dass wir keine Kerze haben«, sagte Marie. »Er hat noch so einen weiten Weg.«

Alex murmelte: »Gute Reise, Eberhard.«

Patricia nahm ihre Handtasche, hatte Schwierigkeiten, in die Ärmel ihrer Jacke zu finden. »Verzeiht. Ich muss hier raus.«

»Wir sehen uns ja bald wieder«, sagte Stefanie, merkte plötzlich, dass sie in eine völlig unpassende Schublade ihres gesellschaftlichen Repertoires gegriffen hatte, und lächelte schwach wie um Nachsicht bittend.

Patricia küsste ihre Wangen, nicht wie sonst die Luft daneben. »Ist ja gut, Tante.«

Theresa liefen Tränen über die Wangen, sie zog durch die Nase hoch. Stefanie trat hinter sie, umarmte sie. Einen Augenblick lang lehnte sich Theresa an ihre Mutter, dann schüttelte sie den Kopf. »Ich wein ja nicht wegen …«

Stefanie drückte sie fester an sich. »Wir weinen doch nie wegen, wir weinen einfach.« Sie reichte Theresa ein Taschentuch.

F. T. verlangte die Rechnung. »Wir fahren zurück ins Krankenhaus zu Friederike. Jonathan und David, ihr kümmert euch doch darum, dass alle nach Hause gebracht werden?«

Dittaoma hat wieder einmal recht gehabt. Gib ihm eine Aufgabe und du merkst, was in ihm steckt. Patricia erschrak offenbar, dass sie zwar leise, aber doch gesprochen und nicht nur gedacht hatte.

Alfred Schreiber hielt ihre Hand einen Moment länger, als der Abschied erforderte. »So oft hat sie von dir erzählt, sie hat dich sehr lieb gehabt, weißt du das?«

Patricia lief hinaus.

»Sie hat sich nicht von mir verabschiedet«, jammerte Elvira. »Was habt ihr denn alle? Wartet einen Moment! Ich muss noch mit Eberhard reden, er kann sich nicht einfach vordrängen. Er ist kein schlechter Kerl, aber er hat einfach keine Manieren.«

F. T. und Jonathan sagten gleichzeitig: »Eberhard ist gerade gestorben.«

Elvira verzog das Gesicht. »Aber ich bin doch dran. Das ist unfair. Erst Ditta, dann er, und an mich denkt keiner.«

»Das Leben ist unfair«, sagte David, »und meistens müssen wir dankbar sein, dass es unfair ist, sonst ginge es uns nicht so gut.«